DE LA MÊME AUTRICE

Aux Éditions Gallimard

ÇA AUSSI, ÇA PASSERA

Du monde entier

MILENA BUSQUETS

GEMA

roman

Traduit de l'espagnol
par Robert Amutio

GALLIMARD

1

Gema a toujours été pour moi le nom d'une morte. En fait, non, pas toujours, depuis plus de trente ans, ce qui revient presque au même. Elle est morte à quinze ans. Deux ans plus tard, c'est mon père qui est mort. Cependant, aucune malédiction n'est venue frapper son nom, je suis capable d'entendre mes enfants interpeller leurs pères sans penser au mien, sans ressentir aucun chagrin ni regret et, quand quelqu'un prononce son nom, « Esteban », je pense seulement : « Tiens, comme papa. » En revanche, quand on me présente une femme qui se prénomme Gema et que je lève les yeux vers elle et ne reconnais pas la chevelure magnifique et noire, le teint pâle, les yeux inquisiteurs et moqueurs de mon amie, je pense : « Non, toi, tu n'es pas Gema. Pas du tout. »

Qu'est-ce que ça veut dire, Gema ? Pierre ? Comme une pierre précieuse ? Une gemme ? *Gem*, en anglais ? Il n'y a personne en Angleterre qui s'appelle Gem, mais des Gema, il y en a quelques-unes, je crois.

Ces deux morts ont eu lieu sur la même scène, la vieille

cour du lycée, même si ensuite tous deux sont décédés dans un hôpital, bien sûr.

Maman était venue au lycée spécialement pour m'apprendre que papa était gravement malade et, tout de suite après, elle avait sauté dans un avion pour passer le week-end à Londres avec des amis. Elle m'avait fait quitter la classe et, dans la cour vide, m'avait informée que ce qui devait être une opération de routine de l'estomac s'était transformé en une sentence de mort. Il ne lui était pas venu à l'idée d'annuler le voyage. « Je n'ai jamais pensé que ça t'affecterait tant que ça », s'était-elle excusée ensuite, en des centaines d'occasions, au cours des années qui ont suivi.

Je n'avais plus remis les pieds dans cette cour. Je l'avais longée quelquefois, pas souvent, parce que, même si elle n'était pas loin de chez moi, elle ne se trouvait plus sur aucun de mes circuits habituels. Nous avons tous trois ou quatre chemins que nous empruntons toujours, pour aller au centre-ville, pour aller au lycée, pour aller à Cadaqués, pour tomber amoureux, pour revenir chez nous. Si nous dessinions sur une carte nos parcours avec un stylo rouge, comme on le fait pour visualiser les veines dans certaines planches anatomiques du corps humain, nous verrions que ce sont presque toujours les mêmes, que nous passons toute notre vie à circuler dans une même main, à aller et venir de l'index au pouce et du pouce à l'index, ou à parcourir le fémur de haut en bas, et retour, sans cesse.

J'ai découvert que ma mère était amoureuse de la personne qui serait son dernier amour un jour sur le chemin de la maison, en voiture, après avoir fait des courses, quand elle m'a demandé de dévier de notre trajet habituel et de prendre une autre rue parce que quelqu'un lui avait dit que nous arriverions plus rapidement comme ça.

— Quelle drôle d'idée ! me suis-je exclamée tout en lui obéissant. C'est pourtant par là qu'on passe toujours. C'est notre chemin.

Et soudain, à l'instant même où l'idée, absurde, fulgurante et évidente, me traversait l'esprit :

— Tu ne serais pas amoureuse, dis-moi ?

Il y a bien peu de raisons qui nous font dévier le cours de nos pas, si assurés et décidés.

La cour était en ciment, cernée de bâtiments fonctionnels, sobres et assez mastoc, de couleur sable. De tous les lieux du monde, celui dont il importe peut-être le moins qu'il soit laid est l'école. Les adolescents ne s'inquiètent que de leur propre apparence – et de celle de leurs parents tant qu'ils la considèrent comme une extension de la leur –, et je n'ai jamais entendu un élève se plaindre d'avoir à suivre des cours dans un bâtiment moche et sans charme. Ça nous aurait été égal de nous trouver dans un palais. L'unique végétation consistait en de petites haies plantées à des endroits stratégiques pour séparer ou signaler des espaces différents, à l'entrée de l'école, entre la cour du haut et le terrain de sport, des buissons aux feuilles lustrées d'un vert intense que nous, élèves, arrachions et déchiquetions distraitement et consciencieusement – de la même manière que, des années plus tard, nous fumions des cigarettes et mations l'air de rien les garçons –, abandonnant à nos pieds une mosaïque verte fort peu écologique. Le jour où la direction s'est aperçue que nous avions entrepris de déboiser la cour, elle a envoyé une circulaire qui interdisait d'arracher la moindre feuille d'arbuste à l'intérieur de l'enceinte de l'établissement. Un large escalier en pierre, vestige sans doute de la propriété rurale que l'établissement scolaire avait supplantée, menait à la cour du bas, où se trouvaient la cantine, la piste d'athlétisme, le gymnase et les douches. C'est là-bas, devant l'arbre le plus élancé du lycée, un palmier sec et raide comme une trique qui semblait vouloir repousser le ciel, que l'on faisait aussi les photos de classe annuelles.

On nous prévenait toujours quelques jours à l'avance, pour que nous ayons le temps de préparer une tenue soignée et adaptée, mais, parce que nous étions des adolescents, et que nous nous considérions à la fois comme les plus beaux et les plus moches des êtres de la planète, nous nous en fichions complètement. Nous y allions donc attifés comme tous les jours.

C'est peut-être pour ça que ces photos renferment souvent une profonde vérité, en elles se devine de manière floue, au milieu de la brume, comme dans une boule de cristal, qui nous sommes et qui nous serons. Si on y fait attention, tout est déjà là : détermination, curiosité, timidité, joie, confiance, crainte. Personne n'échappe à ces images, elles devraient être nos photos d'identité, jusqu'à la fin des temps.

Ce jour-là, j'étais rentrée déjeuner chez moi, les cours commençaient à trois heures et demie, mais j'étais revenue un peu avant pour pouvoir passer un moment avec mes amis dans la cour. Des amis garçons, nous en avions à peine, il n'y avait pas de comparaison : nous aimions à la folie les amies, mais eux avaient l'air d'être toujours à la ramasse. C'étaient des amis justement parce que nous ne pouvions pas les aimer, parce que les hommes dont nous rêvions étaient plus étranges, plus indifférents, plus blonds, plus bronzés, plus sombres et ténébreux. Nos amies, en revanche, malgré les conflits, les disputes et les chagrins, étaient la perfection personnifiée.

Il commençait à faire chaud, le ciel était dégagé et le faîte des arbres s'était coloré de minuscules feuilles vertes qu'une brise douce et intermittente, délicatement marine, agitait.

Tout d'abord, je ne l'avais pas vue, cela faisait des mois que Gema ne venait plus au lycée, et nous n'étions plus aussi proches qu'auparavant. On considérait, au Lycée français, que faire éclater les classes chaque année et mélanger les élèves encourageait le développement et la capacité d'adaptation. Mon ancienne amie et moi n'étions plus ensemble depuis des années, et bien que nous soyons toutes les deux lancées dans la même quête fondamentale, savoir qui nous étions, nous avions pris des directions très différentes pour le découvrir : moi, celle de la rébellion, elle celle de la prudence.

On nous avait dit qu'elle était malade, j'avais entendu des rumeurs, mais dans ma vie quotidienne rien n'avait changé, il n'y avait aucun pupitre vide, aucun silence gêné au moment de l'appel, aucune sensation d'absence. Je n'éprouvais qu'un léger malaise quand je pensais à elle, ou lorsque, les yeux écarquillés, j'élucubrais avec mes amies sur son mal, mais ce n'était qu'un frêle nuage gris sur l'horizon dégagé et radieux de l'adolescence.

Elle se tenait très droite. Elle a l'air plus grande, avais-je pensé. Comme elle est pâle ! Elle avait été toujours très blanche, mais son visage, naguère laiteux et teinté de rose, pareil à celui d'une princesse de conte de fées, avait viré au gris. C'était comme si un voile couleur fumée s'y était déposé, lui donnant un aspect cendré et éteint ; seuls brillaient, ravagés et liquides, ses yeux (ce qui meurt en dernier, les yeux). Les joues, rebondies et moelleuses, avaient fondu, les pommettes saillaient comme des lames et le nez, qu'elle avait toujours eu long et fin, était devenu légèrement crochu. On dirait qu'un vampire a planté une paille dans son bras et l'a aspirée tout entière, avais-je pensé, jusqu'à la dernière goutte.

Je dois aller la saluer, m'étais-je dit, il n'y a rien à faire d'autre. Bien des années plus tard, j'avais ressenti la même chose à propos d'Ana, l'une des meilleures amies de ma mère, quand j'avais appris qu'elle était hospitalisée (« je dois aller la voir, immédiatement, maintenant, sans attendre, il n'y a rien à faire d'autre ») ; cependant, à ce moment-là, j'avais déjà suffisamment vécu pour savoir que je n'allais pas la saluer mais lui dire adieu. Ce savoir, je ne l'avais pas, avec Gema, jamais je n'avais dit adieu à personne.

J'avais donc quitté mon petit groupe de bavardes et je m'étais dirigée vers elle, décidée et paniquée ; je suppose, même si cela semble contradictoire, qu'on pourrait dire que j'ai fui vers elle. Pour la première fois de ma vie, je me suis comportée comme un adulte, comme je pensais que les adultes se comportaient. Nous étions amies depuis nos quatre ans, je l'avais vue célébrer un mariage dans la cour des petits, nous avions bricolé les alliances des mariés quelques heures avant dans le réfectoire en nous servant de la peau d'une banane – ça nous avait semblé l'idée la plus géniale du monde. J'avais été invitée aux fantastiques repas d'anniversaire que son père lui préparait au restaurant. Je savais qu'elle était secrètement amoureuse d'un garçon rouquin qui ne comprenait rien et jouait de la guitare. Je connaissais son rire bruyant. J'entends encore ses éclats, même s'ils sont désormais très lointains, contre mes oreilles.

À quinze ans, nous savons déjà tout ce que nous saurons sur l'amitié, nous ne nous améliorons pas en tant qu'amis, nous ne pouvons qu'empirer. L'amour sentimental peut sans doute s'affiner avec le temps, mais pas l'amitié, l'amitié atteint sa plénitude radieuse et absolue pendant l'enfance.

Et donc je m'étais arrêtée à côté d'elle et j'avais prononcé à voix basse son prénom, Gema, Gema. Alors, elle s'était retournée et m'avait regardée avec douceur. Elle n'avait pas paru surprise de me voir, elle s'était montrée aimable et affectueuse avec moi, comme toujours, sous ce déguisement de sorcière des ténèbres, elle était toujours elle-même. Nous n'avions parlé de rien d'important ni d'intéressant, nous nous étions tenues comme deux adultes qui se rencontrent dans la rue et dont l'un est gravement malade.

— Ah, tu as bonne mine ! lui avais-je dit, moi, l'immortelle.

— Oui, c'est vrai, je vais mieux, beaucoup mieux, merci, m'avait-elle répondu.

— Ça me fait vraiment plaisir de te voir !

— Oui, et elle avait souri.

— Tu vas voir, à partir de maintenant tout va aller bien.

— Oui, bien sûr.

— Et puis, avec ce beau temps, avais-je ajouté en levant le nez vers le ciel.

— Oui, c'est vrai, c'est une très belle journée, on dirait bien que le printemps est arrivé.

Nous avions joué notre rôle en adultes, nous n'avions rien dit de ce que nous pensions. Nos parents et toutes les personnes responsables de notre excellente éducation auraient été fiers de nous, eux-mêmes n'auraient pas fait mieux. Et puis je ne l'ai plus jamais revue.

2

Óscar refusait d'aller se faire couper les cheveux. Pendant des années, il avait adoré aller chez le coiffeur. L'expression, presque adulte, de plaisir et de détente que prenait son visage quand, avant de lui rincer les cheveux, la tête encore couverte de mousse, la coiffeuse lui massait le crâne me faisait toujours sourire. « Ce sera un jouisseur, comme nous », disions-nous, son père et moi. Mais, soudain, un beau jour, influencé par un rappeur ou un sportif, il avait décidé qu'il voulait avoir les cheveux longs. Comme il avait déjà onze ans et était assez têtu et coquet, j'avais décidé de ne pas me mêler de ses décisions stylistiques. De toute façon, la plupart du temps, il était mieux habillé que moi. Quand il faisait allusion à de possibles tatouages ou au fait de se faire percer une oreille, je lui répondais que c'étaient des décisions à prendre à partir de dix-huit ans, pas avant, comme passer son permis de conduire ou aller voter.

Je l'ai observé avec un peu de tristesse, assis sur le canapé, jouant et apparemment dialoguant avec le téléviseur. Quel dommage, mignon comme il est ! ai-je pensé.

Quelques jours auparavant, son père l'avait convaincu d'aller se faire couper les pointes chez le coiffeur du quartier. Moi, j'étais la plus ardente partisane de la vie de quartier – je passais des semaines sans quitter le mien – pour tout, sauf pour ce qui est important. C'est ainsi qu'Óscar était ressorti du salon de coiffure chinois du coin avec une partie de la frange plus longue que l'autre et d'étranges boucles anglaises encadrant son visage. J'avais demandé à son père si par hasard ils n'étaient pas allés dans un salon de coiffure pour rabbins, mais ça ne l'avait pas du tout amusé. On voyait parfois qu'il faisait des efforts surhumains pour ne rien trouver de drôle dans ce que je disais. Et quand je lui racontais une de mes mésaventures, il affirmait toujours que celui qui m'avait humiliée avait eu toutes les raisons de le faire. Rien de plus difficile que de faire rire un ex-amoureux toujours amoureux de vous.

En revanche, Marc, mon fils aîné, qui venait d'avoir dix-sept ans, se coiffait tout seul depuis l'enfance. Je lui avais demandé des milliers de fois d'égaliser nos cheveux, ceux de son frère et les miens, je lui avais même acheté de jolis ciseaux de coiffeur professionnel, tout dorés et étincelants, et proposé de l'argent. Mais mes enfants n'étaient pas corruptibles, ni spécialement capricieux, ils avaient déjà tout. Un jour, émerveillée par la parfaite harmonie de ses boucles répandues, rondes comme les grains d'une grappe au soleil, je lui avais demandé comment il arrivait à égaliser les mèches de la nuque.

— Eh ben, au toucher, comment tu veux que je les coupe autrement ? avait-il répondu comme s'il s'agissait d'une évidence.

Aucun homme n'était parvenu à me faire me sentir stupide, mais pour mes enfants j'étais un puits sans fond d'inaptitude pratique, défaut que moi, d'un autre côté, je n'avais pas la moindre intention de corriger, après tout, qui savait ouvrir le capot de la voiture, faire des frites parfaites et trouver les chaînes payantes sur la télévision ? En revanche, quand je partageais avec eux mon authentique inquiétude, je ne sais pas écrire, je ne sais pas écrire, je ne sais pas écrire, ils tombaient dans les bras l'un de l'autre et roulaient sur le tapis morts de rire.

— Je vais au théâtre, ai-je dit, je ne rentrerai pas trop tard.

Aucun des deux ne m'a répondu, alors j'ai répété deux fois encore « je m'en vais, je m'en vais ». Comme mes enfants vivaient avec des casques constamment vissés à leurs oreilles, je n'étais jamais certaine qu'ils m'aient entendue, et la plus grande partie de ce que je disais restait en suspens. Est-ce qu'ils m'avaient écoutée ? me demandais-je tout en les observant attentivement, à la recherche de quelque signe de réception de mes messages. Nos conversations ne ressemblaient presque jamais à un match de tennis, tzing, pof, tzang, poc, elles tenaient plus d'une traversée en bateau un jour venteux.

L'arrivée des casques avait coïncidé avec les premiers cours de piano de Marc. De moi-même, jamais je ne l'aurais inscrit à ces cours, parce que personne dans la maison n'avait eu la moindre oreille musicale, plutôt le contraire, mais un jour le voisin d'au-dessous, Bosco, qui était un grand mélomane et chantait même dans une chorale, était venu nous rendre visite. Tandis que nous prenions le thé, il m'avait raconté que Marc avait téléchargé une application pour étudier le piano et qu'il apprenait tout seul. Comme il l'avait fait pour se couper les cheveux, ai-je pensé. Nos enfants sont étranges, quelle joie l'on ressentait de découvrir en eux des qualités inexistantes chez leurs parents ! C'est à travers mes fils que j'avais mieux connu leurs pères. Des qualités qui chez ces derniers n'étaient que latentes, à demi assoupies ou même enfouies s'épanouissaient chez leurs enfants avec une force et une vitalité extraordinaires. La coquetterie et l'œil infaillible d'Óscar, sa curiosité et sa capacité à capter l'essence d'une personne en trois minutes, l'entêtement de tous deux (moi, on peut me convaincre de presque n'importe quoi), le sens du devoir de Marc, ses silences, sa vie profonde et insondable, son infinie amabilité avec les étrangers ; le léger snobisme de l'un – plus imputable à moi qu'à son père – et l'indifférence aux apparences de l'autre, le sens de l'humour des deux. Leurs défauts – un certain égoïsme et une certaine insensibilité à ce qui ne les affectait pas de manière directe – étaient moins intéressants, puisqu'ils étaient communs à la plupart des personnes de leur âge, et donc, j'espérais, transitoires et pardonnables. Pouvoir observer comment ces deux êtres humains se métamorphosaient en adultes me paraissait une expérience aussi passionnante que l'arrivée de l'homme sur la Lune.

— Pourquoi tu ne l'inscris pas à l'école de musique du quartier ? Mes filles, elles y vont, et elles sont contentes, avait suggéré Bosco.

J'ignorais que Marc avait téléchargé un cours de piano. J'évitais de regarder les écrans des appareils électroniques de mes enfants, je craignais toujours qu'ils ne soient en train de faire l'une de ces choses horribles et perverses que, d'après les journaux et les psychologues de l'enfance, l'on pouvait faire avec un ordinateur. Je n'avais jamais ressenti le moindre désir d'en savoir plus que ce qu'ils voulaient bien me raconter. Il ne me semblait pas que le besoin de connaître jusqu'au moindre détail de la vie secrète des personnes aimées soit une véritable preuve d'affection ni d'intérêt. N'était-ce pas plutôt un manque de confiance, un indice d'ingénuité et un désir caché de contrôle de l'autre ? La pudeur n'était-elle pas importante, elle aussi ?

Dans notre organisation musicale, le moderne et le commercial me revenaient, tandis que la musique classique et raffinée était le domaine de Marc. Parfois, par hasard, alors que je cherchais une chanson entraînante pour aller faire les courses en voiture, se faufilait un morceau merveilleux de musique classique et je restais là, quelques instants, pétrifiée, comme si j'entendais un lointain appel, le tintement des cloches, mais je m'éloignais très vite, il me semblait que je n'avais plus l'âge ni le temps d'un autre grand amour.

Au début, Marc faisait ses exercices de piano sans casque, mais un jour, alors que j'essayais de travailler, je lui avais demandé de le mettre sur ses oreilles et depuis il n'avait plus joué sans auparavant couper le son. Je l'avais supplié, je l'avais faussement menacé, rien n'y avait fait. Après les deux ou trois années de silence qui avaient suivi, dont j'avais profité pour écrire un livre, j'avais pensé que, si ça se trouvait, mon fils n'était pas aussi doué pour le piano que l'affirmait notre voisin amateur de musique, et qu'il avait peut-être honte de jouer en public. Le cousin Alex avait commencé à jouer au tennis à quatre ans et il disait toujours qu'il adorait ça, et mes grands-parents l'avaient même inscrit au Real Club de Tenis. Jusqu'au jour où ma tante, par hasard, était passée devant l'école de tennis et avait décidé d'y entrer pour savoir où en était son fils avec les cours. Le professeur lui avait appris qu'Alex n'avait pas progressé, qu'il était toujours au même niveau que lors de sa première année. Dans la famille, naturellement, personne n'avait rien dit, mais personne non plus ne s'était étonné qu'à dix-huit ans il ait vendu sa carte de membre du club pour s'acheter une moto.

Ce n'était pas le cas de Marc, comme, à partir d'un certain moment (quand il avait eu le niveau suffisant), j'avais pu le constater aux concerts trimestriels de l'école de musique. Les récitals avaient lieu dans une résidence du troisième âge, une grande salle bourrée d'œuvres d'art qui tentaient de démontrer que tous nous portions un artiste en nous. La première fois que j'étais allée le voir jouer, j'étais si nerveuse que j'avais craint de tomber dans les pommes. Ce qui m'inquiétait aussi, c'était la possibilité qu'au moment voulu je ne parvienne pas à allumer la vidéo du portable. Finalement, tout s'était bien passé, Marc avait joué quelques minutes, une espèce de marche implacable et héroïque, très passionnée et un peu rigide, comme lui. Il ne s'était pas trompé une seule fois, ç'avait été beau de voir son large dos agité par la musique comme par une légère houle.

Je me suis approchée de la porte de la chambre de Marc et j'ai frappé doucement.

— Quoiiiiii, a-t-il répondu.

— Je vais au théâtre, ton frère joue aux aliens de l'espace à la télé ; commandez ce que vous voulez pour dîner.

Marc a levé les yeux de l'ordinateur, m'a regardée avec les sourcils froncés et a marmonné une phrase dont je n'ai pu distinguer que les mots « trop bête », « PlayStation », « puant », « sans gêne » et « gonflée ».

En réalité, même si Marc protestait parce qu'il devait s'occuper de son frère, tous deux aimaient beaucoup rester seuls. À mon retour à la maison, je les avais plus d'une fois trouvés en train de bavarder et de rire ensemble sur le canapé. Ils avaient six ans de différence, et grâce à cela, d'une certaine manière, chacun avait pu profiter des privilèges de fils unique sans avoir à renoncer à l'amusement, la camaraderie et la possibilité de faire front commun contre moi. Quand Óscar était né, Marc lui avait écrit une lettre. « Bienvenue sur la planète Terre », disait-elle. Tous deux, ainsi que leurs respectifs pères, m'accusaient de l'avoir perdue, mais je savais qu'elle devait bien être quelque part, probablement dans l'un de ces cartons du dernier déménagement qui n'avaient pas été ouverts, et si un jour nous en avions besoin, elle apparaîtrait comme par magie.

3

Le dernier soleil de l'après-midi a caressé mes paupières. Il y avait des jours où je me sentais encore extraordinairement forte, j'aimais marcher, mon corps aimait marcher et je l'emmenais souvent se promener. Je marchais alors d'une foulée rapide et longue qui semblait me propulser vers le ciel, je redescendais vite et, dès que mon pied touchait le sol, il me donnait une nouvelle impulsion vers l'avant et vers le haut, comme un ressort. Je sentais les muscles des jambes, dociles et souples, s'étirer, s'allonger. Mon corps m'avait bien servi, l'affection que j'éprouvais pour lui ne pouvait se comparer qu'à celle que j'avais ressentie pour certains de mes chiens. Il m'arrivait de l'oublier quelque temps, au cours des mois d'hiver ou quand je n'étais pas amoureuse. Et de le retrouver, et découvrir soudain mes jambes pareilles à des serpents entrelacés, ou mes pieds épatés et longs (« on dirait qu'un éléphant te les a écrabouillés », disait toujours le père de Marc), me mettait d'aussi bonne humeur que de voir un jeune chien à mes pieds.

Je suis arrivée au théâtre juste à temps et j'ai pénétré

dans la salle alors que le parterre était plongé dans l'obscurité. C'était la dernière représentation de la pièce de Bruno, cela faisait presque un an qu'elle était à l'affiche et les critiques avaient été très bonnes. La troupe partirait en tournée en automne, d'abord à Madrid, puis dans d'autres villes. Le succès avait cueilli par surprise les comédiens. Après avoir passé quasiment dix ans à jouer avec rigueur et sensibilité du théâtre à texte, la plupart du temps des œuvres classiques, ils avaient mis en scène une brève pièce pour deux personnages, écrite par Bruno lui-même, qu'il interprétait au côté de l'une des actrices les plus chevronnées de la compagnie. Ce dialogue ironique et subtil, teinté de comédie de mœurs, entre un jeune homme fortuné sur le point de se marier et sa fofolle de tante n'avait pas seulement attiré l'attention du restreint public des amateurs, mais s'était transformé en une sorte de phénomène social. Les critiques l'avaient comparé à une œuvre d'Oscar Wilde, et les jeunes – dont certains n'avaient jamais mis les pieds dans un théâtre de leur vie –, succombant à l'irrévérence et à l'originalité du texte, étaient tombés sous le charme de personnages qui, bien qu'égocentriques, tordus et pas très intelligents, finissaient par être intéressants et attachants.

J'étais déjà allée voir la pièce quatre fois. Je l'avais adorée, et cela alors que le théâtre ne m'intéressait jamais énormément. « C'est le seul genre au monde qui gravite autour d'un seul créateur : Shakespeare », affirmais-je à mes amies du monde du spectacle. Sans lui, le théâtre aurait sombré il y a bien longtemps, ou au moins avec l'invention du cinéma, plus vif et plus amusant. Si le théâtre existait encore, c'était parce que Shakespeare avait existé. Même Messi ou Michel-Ange ne pouvaient pas en dire autant ! m'exclamais-je. En réalité, si j'étais allée aussi souvent voir la pièce, c'était parce que j'étais un peu amoureuse de Bruno. Quand celui-ci est apparu sur scène, un frémissement a parcouru le parterre. L'année précédente, il avait joué dans une série télé policière qui avait eu beaucoup de succès, et les gens venaient avant tout pour le voir, lui. Il avait l'air un peu fatigué, une ombre pourprée presque imperceptible sous ses ténébreux yeux marron trahissait une nuit passée à jouer au poker, à boire, ou à rouler sans but dans la ville sur sa moto jusqu'au lever du jour.

Cela faisait presque deux ans que nous nous étions rencontrés ! ai-je pensé en jetant un coup d'œil autour de moi. Il m'a semblé voir une majorité de femmes, quoique ce ne soit pas inhabituel : dans la sphère domestique, la culture (comme l'éducation des enfants) est souvent une affaire de femmes. J'avais connu Bruno grâce à Violeta, la directrice de la compagnie théâtrale, qui me l'avait présenté, un soir, sur une terrasse du parc de la Ciudadela. Les répétitions avaient commencé et Barcelone se soumettait, complaisante et paresseuse, à un nouvel été brûlant. J'avais rendez-vous avec Violeta et un ami peintre, avec qui j'étais sortie deux ou trois fois et qui allait se charger de la conception des décors. Sur le moment, je n'avais pas prêté attention à Bruno, qui me regardait avec curiosité et surprise. Il était habitué à ce qu'on le reconnaisse et qu'on l'admire, il était très beau, il avait un visage ouvert, intense et viril, au front large et aux yeux aussi écartés que ceux d'un cerf, qu'on aurait dit fait tout exprès pour être photographié ou filmé. Nous n'avions guère parlé pendant cette première rencontre.

— Je t'ai lue, m'avait-il dit.

— Et moi je t'ai vu, avais-je répondu.

— J'attends ton prochain roman avec impatience.

— Avec impatience ? avais-je dit. Et nous nous sommes mis à rire. Et moi, j'irai sans faute à la première de votre pièce.

Puis nous étions revenus à nos conversations respectives, moi avec le scénographe et lui avec Violeta. Je n'avais plus posé les yeux sur lui jusqu'au moment où nous nous étions levés pour partir. Nous nous dirigions vers la sortie du parc, Violeta et moi nous étions à la traîne derrière tandis que les hommes avaient pris quelques mètres d'avance. En les voyant marcher devant nous, je me suis rendu compte qu'ils se ressemblaient, Bruno avait à peu de chose près la même taille que le scénographe, tous deux étaient sveltes, bien proportionnés et très grands, mais Bruno avait les épaules un peu plus larges, les hanches un peu plus étroites, la démarche plus détendue et plus assurée. Il arpentait le monde comme s'il pensait qu'il lui appartenait, comme s'il se promenait au bord de la mer et n'avait pas encore décidé sur quel navire il allait embarquer. Soudain, j'avais senti en moi une vague de joie et d'optimisme. Il était un peu plus jeune que moi, mais j'avais la sensation que les hommes survolaient le temps, ou bien c'étaient des enfants, ou bien des adultes, il n'y avait presque jamais de moyen terme, comme s'ils étaient nés avec un âge fixe. Nous, les femmes, nous découvrions véritablement notre âge à quarante ans ; auparavant, tout n'était qu'un bal costumé.

Et c'est ainsi, comme un papillon au milieu d'un parc ensoleillé, léger et capable des cabrioles et des pirouettes les plus incroyables, que mon intérêt et ma curiosité avaient abandonné le peintre et étaient allés se poser, d'un délicat battement d'ailes, sur l'acteur au regard ténébreux. La frivolité seule permet certains sauts mortels.

Dans le bar où nous nous étions assis, tout avait changé : l'endroit (un bar de quartier, banal, sans aucun intérêt) m'avait paru parfait, les serveurs, plus que sympathiques, les amandes qu'ils nous avaient apportées pour grignoter, les plus délicieuses que j'aie goûtées de ma vie. Et les sujets qui surgissaient au cours de la conversation se révélaient tout à coup passionnants. « Je vais écrire un livre sur ça ! », « Et sur ça ! », « Et sur ça aussi ! » avais-je assuré en me goinfrant de fruits secs. La lumière hypnotique, délicate et propice à la séduction s'était allumée, une flamme qui agissait à la fois comme une loupe et un filtre, accentuant et embellissant ce que je désirais voir, et estompant jusqu'à le faire disparaître ce qui, un jour, me déplairait. Ce n'était pas que je ne perçoive pas tout cela, je le voyais parfaitement, mais le désir de bonheur était plus fort. Mon ami peintre avait rapidement prétexté un tableau à achever et avait disparu.

C'est de cette manière que deux mondes s'étaient entremêlés, celui du théâtre et celui de l'édition qui, bien que proches et très comparables – egos démesurés, amours et haines furieuses, endogamie et tendance à l'exagération –, ne se fréquentaient que rarement. Cela m'avait amusée de l'amener à des raouts littéraires et d'observer l'expression de surprise et d'incrédulité des invités le reconnaissant. Bruno de son côté m'avait entraînée aussi dans ses soirées, plus bohèmes, plus joyeuses et décontractées que les miennes, ou peut-être m'amusaient-elles davantage à cause de la nouveauté qu'elles représentaient pour moi. Un jour, après avoir bu un peu trop, Bruno avait levé son verre et porté un toast : « À mon amoureuse, la plus belle des intellectuelles et la plus intellectuelle des belles. » Et tout le monde avait applaudi avec enthousiasme, tandis que je crevais de honte et qu'il m'enlaçait. Ç'avait été sa manière d'officialiser notre relation. Quand nous étions arrivés chez lui, au petit matin, il s'était laissé tomber sur le lit et, avant de fermer les yeux, il m'avait dit : « Maintenant on est un couple, d'accord ? N'oublie pas. » Au bout d'une semaine, il m'avait présenté ses parents et sa fratrie. Tous m'avaient immédiatement adoptée. J'avais glissé sans trop y penser, presque sans m'en apercevoir, sur la douce pente de ce qui constituait une relation sérieuse, fondée sur la sécurité, l'amour, la loyauté et la confiance.

Bruno était plus sociable que moi et se sentait à l'aise partout. Et puis, comme tous les bons acteurs, il se mimétisait sans effort avec ceux qui l'entouraient, il se confondait avec tout ce qui attirait son attention, bien que son intérêt soit superficiel et éphémère. Sa compréhension des choses était intuitive et fulgurante. Je l'avais vu plus d'une fois se transformer en la personne devant lui, adopter son maintien, son ton de voix et même sa manière de regarder après à peine cinq minutes de conversation. Lui ne s'en rendait pas compte et l'effet se défaisait rapidement, mais comme c'était merveilleux de vivre avec quelqu'un dont le travail ne consistait pas à être lui-même, à distiller jusqu'à la dernière goutte de son âme, mais à être autre, et qui y parvenait avec tant d'aisance et de naturel. « Qu'est-ce que tu fais, si renfermée sur toi-même ? » me demandait-il et, avec un bref élan, il posait les mains sur le sol et faisait le poirier.

J'avais choisi une jupe de couleur ivoire qui m'arrivait sous les genoux, avec de profondes fentes latérales, et me permettait de marcher d'un pas rapide et à grandes enjambées. Ce n'était pas un vêtement osé, il était d'une soie assez raide. Quand je me tenais debout immobile, les ouvertures sur les côtés se devinaient à peine, la jupe offrait même une apparence assez pudique. Et pourtant, elle permettait un accès immédiat à mon corps et Bruno l'aimait beaucoup. Je me suis caressé les genoux dans le noir, comme ces femmes qui parfois, ne se sentant pas observées, se passent une main machinale sur les fesses, comme pour s'assurer qu'elles sont toujours là.

Ça m'a rappelé une soirée de mes vingt ans, dans un théâtre de Paris, avec ma mère. Nous étions allées voir *Le Malade imaginaire* de Molière à la Comédie-Française. J'avais passé l'après-midi avec Luca, le fils de l'une des meilleures amies de ma mère, à essayer des parfums. Luca était un scientifique et conciliait son travail dans un laboratoire avec sa passion pour les parfums. Nous avions parcouru la ville, entrant et sortant de boutiques merveilleuses aux sols moquettés et silencieux, aux lustres de cristal et aux récipients transparents dont les petits robinets dorés, à la base, pareils à des cols de cygne, permettaient de verser le précieux liquide dans de minuscules bouteilles alignées sur les présentoirs. Toutes les vendeuses connaissaient Luca et savaient qu'il était incorruptible. Plusieurs magazines de mode lui avaient proposé de collaborer, mais finalement il avait opté pour publier ses articles dans une revue scientifique suisse qui n'avait aucun fabricant de parfum parmi ses annonceurs. Il avait ainsi conservé son indépendance et le droit de dire ce qu'il avait à dire. J'avais essayé quatre ou cinq parfums différents qu'il avait choisis pour moi : sur un poignet, sur l'autre, dans le creux du coude, derrière l'oreille, jusqu'à ce qu'il ne reste aucune surface libre sur mon corps et que mon odorat devienne incapable de distinguer ou d'apprécier quelque autre parfum que ce soit. Luca m'avait dit alors d'en choisir un et m'avait fait présent d'un minuscule flacon, qui avait fini répandu sur le sol de la salle de bains d'un appartement d'étudiant du sud de Londres, un jour qu'une amie aux longs membres quelque peu incoordonnés l'avait involontairement fait tomber.

J'étais arrivée à la Comédie-Française en courant, sans avoir eu le temps de passer à l'hôtel pour me changer. Ma mère et moi nous étions à peine assises sur nos sièges que, aussitôt, le rideau s'était levé. Au bout d'un certain temps, alors que j'avais commencé à m'ennuyer et à penser à mes affaires, quelqu'un, derrière moi, s'était mis à me caresser les cheveux. Ça n'avait pas été un geste brusque ni agressif, la personne s'était simplement rapprochée de mon dossier et avait passé sa main dans mes cheveux, délicatement, deux ou trois fois. J'étais restée immobile, stupéfaite, partagée entre l'indignation et le plaisir. Jamais je n'avais élevé, par inconscience je suppose, les frontières fermes que d'autres érigeaient autour de leur corps, j'en avais toujours fait don avec joie et insouciance. Mon corps avait vécu surtout à travers d'autres corps, c'était un pays souvent et heureusement envahi, imperméable à toute politisation ou instrumentalisation, c'était un corps analphabète.

Pendant l'entracte, j'avais expliqué à ma mère ce qui s'était passé en murmurant à son oreille. Elle m'avait regardée en souriant et m'avait dit, comme s'il s'agissait de la chose la plus normale du monde : « Nous sommes à Paris. Et puis tu sens délicieusement bon, avec tous ces parfums que tu as essayés cet après-midi avec Luca. Il a bien dû le sentir. »

À la fin de la représentation, quand je m'étais retournée, l'homme avait disparu.

Quand la pièce de Bruno a pris fin, un employé du théâtre est venu à ma rencontre et m'a accompagnée derrière la scène. Les producteurs offraient un verre avant le début des vacances. Ils entameraient la saison à Madrid et ne reviendraient pas ici avant le printemps suivant, avec une nouvelle pièce. Ils avaient invité tous les membres de la compagnie, et certains amis. J'ai vu Violeta de l'autre côté de la scène qui bavardait avec un ami journaliste ; en m'apercevant, elle a agité sa cigarette en l'air et m'a lancé un baiser. L'actrice qui interprétait la tante du personnage de Bruno était assise sur une sorte de trône en carton-pâte, un verre de whisky à la main, entourée de jeunes acteurs prostrés à ses pieds. Elle portait une robe en satin bleu sombre, avec une fente sur le côté qui laissait voir des jambes interminables, pâles et spectrales, et une broche circulaire de saphirs, assortie à ses yeux, accrochée à son décolleté. Elle avait soixante-quinze ans et était aussi célèbre pour ses interprétations que pour son mauvais caractère. « Moi, je ne suis pas née dans les temps de la sympathie », grommelait-elle quand les journalistes la questionnaient à propos de ses vacheries, « je suis une artiste, pas la mère Teresa de Calcutta, n'attendez pas trop de moi. » Le concepteur des décors avec qui j'avais flirté avant de connaître Bruno parlait, sérieux et concentré, regard sombre et sourcils froncés, avec une jeune femme qui portait une robe à fleurs. Quand je lui ai fait un geste de la main pour le saluer, il a feint de ne pas me voir. À ce moment-là, quelqu'un s'est raclé la gorge devant un micro, un projecteur s'est allumé et j'ai senti qu'on me saisissait par le coude :

— Allez, viens, ils vont commencer avec les discours, m'a dit Bruno, ils vont te faire crever d'ennui. Et je veux te montrer un truc très important.

Je l'ai suivi dans un couloir délabré, éclairé par des ampoules qui pendaient du plafond, jusqu'à sa loge, et il m'a doucement poussée à l'intérieur puis a tiré le verrou derrière nous. J'ai souri en pensant à ma jupe.

4

Ensuite nous sommes allés dîner dans un restaurant que Violeta avait découvert dans la partie haute de la ville.

— Il est tout récent, vous allez adorer, a-t-elle dit, il vient d'ouvrir.

Il se faisait tard et j'avais hâte de rentrer, mais j'avais fini par céder à l'insistance de mes amis et à la promesse de plus de champagne. Après une période assez frénétique, j'essayais de sortir moins souvent et de me remettre à travailler à la traduction d'ouvrages français et anglais. J'avais constaté que je pouvais rester chez moi jusqu'à trois jours d'affilée sans sortir. Quand finalement je mettais le nez dehors, pour faire des courses avec les enfants, aller au cinéma ou assister à une réunion mondaine, j'avais l'impression de marcher sur une planète inconnue, de respirer un air neuf, parfois même j'avais la tête qui tournait, les jambes qui flageolaient, je devais me protéger les yeux de ma main en visière sous la lumière aveuglante du soleil. Certes, ce n'était pas la griserie crépitante du champagne, mais, pendant quelques minutes, cela me donnait l'illusion d'être une exploratrice foulant un territoire vierge.

Nos amis avaient pris un taxi et Bruno et moi avions enfourché sa moto. Il se déplaçait toujours à moto, il les collectionnait, il en prenait soin et les sortait pour les promener comme s'il s'agissait d'êtres vivants. Une des premières choses qu'il avait faites quand nous nous étions connus, ç'avait été de m'envoyer une photo de sa moto préférée, ce que j'avais trouvé à la fois très sexy et très bête.

— Ton agente ne sera pas radine avec le champagne, pas vrai ? lui ai-je demandé avant d'entrer. Si je ne bois pas un peu, je vais m'endormir.

Il s'est mis à rire.

— Je ne crois pas, elle est toujours très généreuse, elle aime éblouir ses invités.

— Et puis c'est très déprimant de commencer un dîner au champagne et de devoir le terminer avec du vin, tu ne crois pas ? Ça arrive souvent.

— Oui, c'est horrible, a-t-il dit, c'est ce qu'il peut arriver de pire à un être humain.

— Quoique, à bien y penser, ce soit encore pire qu'on te demande si tu veux du champagne et qu'on serve du mousseux, ça peut te ruiner le repas.

Il n'a pas répondu. Bruno riait volontiers à ma première sortie snob, mais pas aux suivantes, ce qui, au lieu de me freiner, m'encourageait à continuer. Si on ne faisait pas attention, la pente savonneuse du snobisme pouvait être presque aussi dangereuse que celle du sérieux empesé, ce défaut extrêmement ennuyeux et éminemment masculin, récemment adopté avec enthousiasme par certaines femmes. En revanche, la frivolité, formidable véhicule de l'intelligence et de l'humour, avait été garée sur un parking et oubliée. Désormais on ne pouvait plus parler que sérieusement. Les lourds nuages de la morosité, de la correction et de l'indignation menaçaient d'éclater en orage tous les jours et de nous tremper jusqu'aux os.

Le restaurant se trouvait au rez-de-chaussée d'une vieille maison d'apparence un peu délabrée. On y accédait par des marches qu'éclairaient faiblement de petites lampes en forme de champignon. Les murs étaient peints en ocre clair et la partie arrière donnait sur une cour où régnait un magnifique châtaignier entouré de quelques tables protégées par une banne en forme de voile. Les propriétaires étaient un couple de Français : le mari, grand et robuste, barbu, s'occupait de la cuisine ; la femme, sensiblement plus jeune, avec des cheveux lisses qui lui arrivaient à la taille, enveloppée dans un kimono en soie couleur terre, nous a reçus avec courtoisie et une exquise touche de dédain. Combien de situations devenaient plus tolérables si le coupable était bien habillé ! Une nièce et deux de ses amis, vêtus de noir, faisaient office de serveurs. La salle était éclairée par des lampes en soie qui donnaient une clarté ténue mais suffisante, les chaises étaient en bois clair, leur dossier et leur siège en osier, le sol était recouvert de tapis en sisal. Comme tout cela me semble familier ! ai-je pensé. Comme les salles de séjour des amis de ma mère, comme ma propre maison.

— Tu es sûr qu'on n'est pas déjà venus ici avant ? ai-je demandé à Bruno.

— Pas avec moi, c'est sûr, a-t-il répondu, peut-être avec un autre homme.

J'ai souri.

Cependant, quand Virginia, son agente, s'est levée pour me saluer et m'a demandé si je connaissais le restaurant, je lui ai dit sans hésiter que oui.

Elle a fait asseoir Bruno à sa droite et moi à l'autre bout de la table. Il était évident que Virginia était un peu amoureuse de Bruno. Quand je le lui disais, plaisantant à demi – je n'avais jamais été jalouse –, il répondait sérieusement :

— Les seuls agents qui marchent sont ceux qui sont amoureux de leurs artistes, qui te répondent au téléphone à deux heures du matin, qui se chargent d'inscrire tes enfants à l'école ou de te chercher un appartement, qui t'envoient des fleurs pour ton anniversaire, qui te poussent à être un meilleur acteur tout en te répétant que tu es déjà un génie. Nous, les acteurs, nous sommes des tarés, nous avons besoin d'être aimés à la folie, qu'on se prosterne devant notre incommensurable talent.

— Ah ! Les auteurs sont pareils ! répondais-je.

— Je t'assure qu'elle n'est pas vraiment amoureuse de moi, elle est simplement bonne dans son domaine, la meilleure.

Mais moi j'avais vu Virginia, si généreuse et expansive avec lui, recevoir certains de ses autres clients – son agence représentait aussi des scénaristes – et se montrer froide et sévère, comme n'importe quel patron. Avec moi, elle était toujours si aimable et prévenante que je ne pouvais pas m'empêcher de penser que, dans le fond, elle me détestait.

Elle était aussi l'agente de Carmen Dumoulin, qui partageait l'affiche avec Bruno. Elle était venue souper avec nous accompagnée de sa petite-fille, une jeune femme scrutatrice et taiseuse, très belle, qui commençait sa carrière d'actrice. J'ai ressenti un certain abattement en constatant que le mari de Violeta, lui aussi, faisait partie des invités. John était un célèbre avocat des droits humains, dont la spécialité était de poursuivre les ex-dictateurs ; il vivait la moitié de l'année à Brooklyn, était non seulement végétarien, mais également d'un pédantisme redoutable. Je l'observais et, triste pour mon amie, je pensais : Violeta, avec la quantité d'hommes mignons et agréables qui traînent dans les rues, comment tu as pu finir avec un type aussi chiant que lui ?

Violeta, Carmen Dumoulin, Virginia et Bruno se sont immédiatement mis à parler de boulot. À partir de septembre, la moitié de la compagnie se rendrait à Madrid avec la pièce de Bruno, et l'autre moitié resterait à Barcelone, à répéter la production suivante. Tout cela impliquerait de fréquents déplacements et probablement le recrutement d'un ou deux nouveaux employés chargés de la logistique. Virginia a rappelé plusieurs fois qu'à partir de mars Bruno serait aux États-Unis pour tourner une série, ce que tous savaient déjà depuis longtemps et qui n'affectait en rien le calendrier de la compagnie.

— Mais ne t'inquiète pas, a-t-elle dit à un certain moment, regardant dans ma direction quelques secondes, il viendra te voir très certainement aussi souvent qu'il pourra.

Et elle m'a adressé un sourire mielleux.

Ensuite, ils se sont mis à échanger des ragots, mais ils faisaient allusion à des personnes que je ne connaissais pas et j'avais du mal à suivre la conversation.

John, le chasseur de dictateurs végétarien, était ravi d'avoir trouvé en Ginebra, la petite-fille de Carmen Dumoulin, une auditrice silencieuse et peu contrariante. Je l'ai observé un moment, il était tout en sueur ; c'était impossible qu'il soit vraiment végétarien, ai-je pensé. J'ai subrepticement rapproché de lui le plat de jambon. Il ne s'en est pas rendu compte, il s'était lancé dans une péroraison sur les droits humains, enchaînant avec une homélie sur le réchauffement global, laissant tomber ici et là, comme sans y penser, les noms de tous les activistes célèbres qu'il connaissait, puis, finalement, a abordé le nouveau féminisme, la cerise sur ce gâteau étouffe-chrétien. Je me suis levée de table, prétextant que je devais appeler mes enfants, je suis sortie dans la rue.

Il ne faisait pas encore trop chaud, mais je savais, comme l'amiral Boom de *Mary Poppins*, que le vent était sur le point de tourner. La vie fonçait vers l'été, la seule saison absolue qui n'était dans l'attente de rien. Il y a un dicton catalan : « *A l'estiu tota cuca viu.* » « En été toute bête vit. » C'était vrai. Je me suis mise à fumer tout en observant la rue déserte, je me suis rappelé que non loin de là vivait mon amie Sandra, chez qui j'étais allée jouer des milliers de fois enfant. Et deux rues plus haut se trouvait le lycée. Et le parc. Et le bar où les garçons qui nous plaisaient allaient jouer au billard.

— Qu'est-ce que tu fais ? Tu vas bien ? m'a demandé Bruno, surgissant soudain. Tu t'ennuies ? Ce John peut être un peu pénible, mais c'est un type très bien, il a aidé beaucoup de monde. Et nous, on s'est mis à raconter des petites bisbilles de théâtreux. On est vraiment mal élevés. Je suis désolé. On aurait dû rester un peu plus longtemps dans la loge.

J'ai souri.

— Oui, c'était plaisant, en fait je suis un peu fatiguée, ça faisait longtemps que je n'étais pas venue de ce côté-ci de la ville, mon ancien lycée est à cinq minutes.

— Bon, on va s'en aller bientôt, ne t'inquiète pas. Je change de sujet, Virginia vient de nous inviter dans sa maison de Majorque. Elle a un petit pavillon pour les invités, où nous serions complètement indépendants. Ça serait bien, non ?

— Oui, Majorque, c'est joli, ça fait des siècles que je n'y suis pas allée, ai-je répondu.

Les enfants étaient sur le point de partir en vacances avec leurs pères respectifs et cette année je n'avais encore rien de prévu. Ça ne me déplaisait pas de passer quelques jours seule à Barcelone. Avec les rues vides et les magasins fermés, je retrouvais mon amour pour ma ville, je revivais les premiers jours de notre relation amoureuse quand, à mon retour d'Angleterre, j'avais compris que c'était ici que je désirais vivre. De nouveau nous étions elle et moi, main dans la main, nous retrouvions l'intimité que les mois plus violemment agités nous avaient fait perdre. La nuit, reposant dans le lit, au cœur d'un silence absolu, je sentais sa respiration exténuée, calme et souterraine. Toutes mes relations étaient des relations de couple, même avec ma ville.

— Qu'est-ce que tu vas faire maintenant que la saison est finie ? ai-je demandé à Bruno.

— Je ne sais pas, j'aimerais qu'on aille quelque part ensemble, pour changer d'air, j'ai besoin de quitter un peu la ville.

— Bon, on y pense. D'accord ?

En pénétrant dans la salle, j'ai de nouveau eu l'impression d'avoir déjà été là auparavant. Ces chaises ! Graciles et délicates comme de petites girafes blondes debout sur leurs pattes pour la première fois. Et soudain, je me suis souvenue d'un jeu avec des chaises, il y avait bien longtemps, aux fêtes d'anniversaire. Nous devions avoir six ou sept ans. Après nous avoir fait goûter, on nous faisait toujours jouer au jeu des chaises musicales, qui était un supplice pour moi : je craignais toujours de me retrouver la dernière debout quand la musique allait s'arrêter, ou de trébucher et m'étaler par terre, ou de me disputer avec un autre enfant pour une chaise. Je ne comprenais pas pourquoi on nous obligeait à y jouer. Mais ce jeu, personne ne l'aime ! pensais-je, qu'ils y jouent, eux, s'ils le veulent. Et chaque année, c'était la même chose : on finissait dc goûter, ils disposaient les chaises en rond au milieu de la salle et ils mettaient la musique. J'étais dans le restaurant du père de Gema. À l'exception des chaises, tout avait changé, mais le lieu était le même.

5

Ce soir-là, je n'ai pas réussi à en savoir plus. Les nouveaux propriétaires ne se rappelaient même pas comment s'appelait le restaurant précédent. L'établissement était resté fermé pendant des années, ils l'avaient loué par une agence. Moi non plus je ne me souvenais pas de l'ancien nom du restaurant, je l'avais su tant que c'était une information utile et pertinente, et je l'avais oublié sitôt que cela avait cessé de l'être : il avait été remplacé par d'autres noms de lieux, de rues, de restaurants et de personnes, qui, à leur tour, avaient été oubliés et remplacés par d'autres. C'est un remue-ménage perpétuel et traître que celui de la mémoire, un jeu de pousse-pousse sans fin, dans le fond nous ne gardons en tête que bien peu de choses, trois ou quatre, tout le reste nous l'inventons ou nous l'empruntons. Quant aux chaises, les nouveaux propriétaires les avaient trouvées, en parfait état, emballées dans un coin du local, et la jeune femme s'en était entichée.

Je suis restée assise sur la mienne jusqu'à la fin du repas, jusqu'à ce que John écluse la dernière goutte de vin de son verre. C'était le genre de buveur qui ne se levait de table qu'après avoir vidé toutes les bouteilles – cette manie, assez courante, a souvent plus à voir avec le zèle de l'économe qu'avec l'avidité de l'alcoolique. J'ai imaginé que dans son enfance sa mère lui avait dit qu'il ne pouvait pas quitter la table avant d'avoir fini tout ce qu'il avait dans l'assiette, une injonction qu'il avait étendue au vin. Personne n'y a prêté attention, nous avions tous glissé, grâce au champagne et au repas, dans une torpeur souriante et détendue. Cela faisait un bon moment que j'avais lâché le fil des conversations, j'ai jeté un coup d'œil autour de moi, m'attendant à voir, d'un instant à l'autre, une nuée de petites filles, robes blanches, chaussures vernies noires et chaussettes blanches, traverser la salle en sautillant.

Nous adorions ça : qu'une fête enfantine puisse se faire dans un restaurant pour grandes personnes nous paraissait le comble de la sophistication. Les lieux, à l'exception de la salle principale et de la cuisine où s'affairaient déjà les serveurs et les marmitons qui préparaient les repas du soir, étaient plongés dans l'obscurité. On avait enlevé les tables pour que nous puissions jouer. Sur l'un des côtés de la pièce transformé en buffet, il y avait une longue table couverte de tous types de pâtisseries : meringues roses, tartes aux fruits, coupelles débordant de crème anglaise et dc chantilly, fraises, sorbets, minuscules sandwichs triangulaires au jambon et au fromage, et un grand gâteau d'anniversaire au chocolat, surmonté de figurines en sucre qui nous représentaient et que nous engloutissions avec des soupirs de félicité.

— Il s'est passé une chose incroyable, ai-je dit à Bruno en sortant du restaurant. J'étais déjà venue ici ! C'est le restaurant des parents de mon amie Gema.

— Tu en es sûre ?

— Plus que sûre, ai-je répondu et, passant le bras par-dessus ses épaules, approchant mon visage du sien, dressant un doigt menaçant, j'ai ajouté : Elle est morte. À quinze ans. En deux mois, d'une leucémie. Pif paf.

Et je l'ai embrassé.

Bruno m'a doucement repoussée. Jamais il n'était ivre, il avait beau boire, il était toujours conscient de ce qui se passait autour de lui.

— Tu ne me l'avais pas raconté. Ça a dû être horrible, non ? a-t-il demandé.

— Si tu crois que tu sais tout de moi, tu te trompes, et de beaucoup. Mais, c'est vrai, ç'a été horrible, très horrible, atroce, ai-je dit en mettant le casque et montant sur la moto. Et j'ai ajouté, me laissant aller contre son dos et fermant les yeux : Mais ça fait tellement d'années.

Et cependant, non, je ne l'avais pas oubliée. Certains morts vieillissent, certains même plus vite que les vivants, mais les morts de ma vie, comme les amours de ma vie, sont incorruptibles. Chaque fois que je revois l'un de mes anciens amours, mon cœur palpite un peu plus fort. L'animal en moi reconnaît l'animal en lui, comme deux chiens compères qui se rencontrent et commencent à agiter joyeusement leurs queues. Mes anciens amours sont comme les cailloux laissés par Hansel sur le chemin pour pouvoir retourner chez lui.

— Est-ce que ça ne te dérange pas trop de ne pas rester

dormir chez moi ce soir ? lui ai-je demandé quand nous sommes arrivés, je suis un peu fatiguée.

— Tu sais bien que je veux toujours dormir avec toi, a-t-il répondu, mais non, bien sûr, on se voit demain.

En entendant le bruit de la grille du jardin, Marc est sorti m'accueillir, a posé un baiser sur mon front. Il avait tellement grandi au cours de ces derniers mois qu'il avait la flemme de descendre au niveau de mes joues. Personne ne m'avait jamais embrassée sur le front, on aurait dit une sorte de bénédiction. Qui pourrais-je bénir moi, avec ma vie si chaotique et désordonnée ? Mes petits-enfants peut-être, si j'arrivais à temps à me transformer en ce genre de personne respectable qui peut embrasser quelqu'un sur le front.

Marc faisait l'apprentissage du baiser, j'avais remarqué qu'il s'exerçait, qu'il essayait diverses techniques, ses baisers n'étaient pas encore fermes et assurés, mais un peu frustes et un peu précipités, un jour le baiser tombait sur le nez et le lendemain sur l'oreille ou le crâne.

Embrasser a toujours requis un second apprentissage. Pendant l'enfance nous savons tous embrasser, on nous demande, on nous réclame des baisers sans cesse, et nos baisers sont célébrés jusqu'au délire. Plus tard, au cours de l'adolescence, nous prenons possession de nos baisers ; cela devrait être une cérémonie formelle entre parents et enfants : « À partir d'aujourd'hui, mon enfant, tu pourras embrasser qui tu voudras. » Et alors nous devons oublier tous les baisers que nous avons donnés – à demi contraints – aux tantes, marraines, grands-mères et autres adultes, pour commencer à embrasser de nouveau, en partant de zéro.

Óscar, en revanche, continuait à embrasser comme un enfant : claqués au milieu de la joue comme au centre d'une cible, doux, francs, appliqués et un peu humides.

Quand Marc est allé se coucher, je me suis servi un verre de vin et j'ai allumé l'ordinateur. J'ai jeté un coup d'œil machinal, sans guère d'attention, sur les dernières nouvelles et les courriels reçus, au cas où quelque chose d'une importance vitale serait arrivé au cours des dix minutes de trajet à moto entre le restaurant et chez moi. Quand j'en ai eu assez des journaux et des messages, j'ai tapé le nom de mon amie : Gema, Gema Álvarez. J'éprouvais toujours une certaine pudeur, une certaine crainte en tapant le nom de quelqu'un que je connaissais, je ressentais la même chose vis-à-vis des écrans et des sacs à dos de mes fils, nous devons protéger l'intimité des êtres aimés, ne pas les laisser à découvert en prétextant une mal comprise et surestimée curiosité. Gema Álvarez. Il n'y avait rien sur Gema Álvarez, pas une mention, pas une photo, pas un souvenir, c'était comme si Gema n'avait pas existé.

Ce n'est pas possible, ai-je pensé, je vais appeler Bruno pour qu'il vienne m'aider, il est plus jeune, il se débrouille mieux que moi avec les ordinateurs, très certainement je fais quelque chose de travers.

Ce n'est pas que Bruno ait été jeune. La jeunesse faisait ses adieux à trente ans, et lui, il était sur le point d'avoir quarante ans. Pourquoi les gens s'obstinaient-ils avec tant d'acharnement à la prolonger ? Laisser derrière nous la jeunesse, ce n'était pas l'une des choses les plus tragiques qui puissent arriver ; en réalité, pendant la plus grande partie de notre existence, nous ne sommes pas jeunes. La jeunesse n'est pas éternelle, elle n'est même pas très longue. Il était très pénible que la jeunesse essaie de tout envahir, tout recouvrir de son fascinant manteau, elle avait même usurpé l'intelligence. Quand un adulte ou un vieux se montraient amusants, créatifs ou brillants, on disait que c'était parce qu'ils avaient conservé leur esprit jeune. Pas plus de jeunesse que de poil sur l'œuf d'une poule ! ai-je pensé. Mais si je faisais appel à Bruno et qu'il venait m'aider, il voudrait rester dormir, bien sûr, me suis-je dit.

J'ai de nouveau tapé le nom de mon ancienne amie, avec une certaine irritation. Est-ce qu'on ne prétendait pas que tout était sur internet, le monde entier à portée de main, comme quand ma mère affirmait qu'il était possible de trouver n'importe quoi à New York, d'une insignifiante feuille de chou publiée dans un village perdu de la province de Murcia au diamant le plus pur ? C'est alors que l'idée m'est venue de taper le nom de mon père, mort deux ans après Gema. Il n'y avait qu'une vieille photographie de groupe, deux ou trois mentions professionnelles, rien de plus. C'était comme si les personnes anonymes qui avaient vécu et étaient mortes avant l'ère d'internet n'existaient pas, comme si elles avaient disparu sans laisser la moindre trace. Sans doute y avait-il autant de choses sur internet qu'à New York, mais il ne s'y trouvait pas de cimetières. C'était révoltant que mes morts soient des morts anonymes, alors que pour moi c'étaient des morts assourdissants ! Maudit soit Mark Zuckerberg ! me suis-je exclamée. Gema avait vécu pendant quinze ans, elle avait parcouru les mêmes rues que moi, avait eu d'excellentes notes, était tombée amoureuse, elle avait été intelligente, sensible, obéissante (c'était là son seul défaut, c'est le seul défaut de la plupart des gens) et passionnée, elle avait dîné comme une princesse chaque soir dans le restaurant de son père. Marcel, Marcel !!!, le restaurant s'appelait Marcel ! Voyons : Restaurant Marcel. Il n'y avait rien non plus, allez, supprimé d'un trait de plume, comme si lui non plus n'avait jamais existé. Et les parents ? Peut-être qu'ils vivaient encore, mais ils devaient être très âgés et vivre parmi les ruines. Autour de moi se dressaient aussi quelques ruines, mais elles étaient encore cernées d'arbres et éclairées par le soleil, au fond on devinait la mer et, parmi les pierres, poussaient de mauvaises herbes. Comment s'appelaient-ils ? Aucune idée. Pendant l'enfance, les parents de nos amis n'ont pas de nom, ce sont leurs parents et cela suffit, moi aussi, souvent, j'étais la mère d'Óscar et de Marc. Et si le jour du Jugement dernier on me demandait qui j'étais, je dirais sans hésiter un seul instant que je suis la mère d'Óscar et de Marc.

Avoir des enfants est une véritable cure d'humilité, plus que la mort, plus que le passage du temps ; je ne savais pas à quel point, pour les femmes, c'était compatible avec l'écriture. Pour écrire, il était nécessaire de vous prendre pour Dieu, vous écrivez juché sur les sommets les plus hauts. Cependant, les enfants vous rappelaient sans désemparer que vous n'étiez rien, que vous n'existiez pas, que votre bonheur et votre vie dépendaient d'eux. La relation avec les parents, c'est Shakespeare, c'est Bergman. La relation avec les enfants, si nous avons de la chance, c'est pendant un temps (mais tout ne dure qu'un temps) un dessin de Sempé, un chapitre du *Petit Nicolas*.

J'ai fini mon verre de vin et je suis allée me coucher. J'avais trop bu, je craignais que la chambre ne commence à graviter autour de moi dès que je m'allongerais. En entrant, j'ai vu Óscar couché sur le côté dans mon lit ; bien qu'il ait onze ans, certains jours il continuait à dormir avec moi. Je me plaçais toujours à une extrémité, immobile, pareille à une momie égyptienne, tandis que lui, mince et long comme un anchois, occupait le reste du lit, une vaste étendue blanche comme la neige, fraîche et prête à craqueler en été, et chaude et moelleuse l'hiver, qui était disponible pour mes enfants. C'était leur infirmerie personnelle, en cas de dispute, de chagrins et douleurs de toutes sortes. Aucune peine qu'un lit aimant ne soulage. Óscar dormait toujours dans une position élégante ; quand il s'endormait sur le côté, il appuyait sa joue sur la main, comme s'il était plongé dans ses pensées, et quand il dormait sur le dos, il posait une main sur sa poitrine, avec une grande dignité, comme la statue d'un chevalier du Moyen Âge, ainsi qu'il avait vu son père et le père de Marc le faire en de multiples occasions. J'ai mis ma main sur son dos et j'ai sombré immédiatement.

6

Le bruit de la douche dans la salle de bains des enfants m'a réveillée. Avec l'âge, Marc s'était mué en un hygiénophile de stricte obédience. Le dentiste avait failli lui arracher une dent de sagesse cariée, et depuis il passait une demi-heure par jour à se brosser les dents. Le bourdonnement de sa brosse à dents, pareil au bruit d'une perceuse, était devenu quelque chose d'aussi familier et, dans le fond, réconfortant que le tintement des cloches de Cadaqués à l'aube. Ces longues séances de brossage de dents mettaient toujours en joie Bruno :

— Bon, c'est l'heure où Marc se brosse les dents, le monde est en ordre, nous pouvons aller nous coucher, disait-il quand il restait dormir à la maison.

Óscar, en revanche, en était encore à la longue étape de la flemme. Certains soirs, pour vérifier qu'il s'était vraiment brossé les dents, je lui demandais de me faire sentir son souffle. En réalité, ce n'était qu'un stratagème pour essayer de détecter dans sa respiration préadolescente l'haleine douce et neuve de ses premières années, ce souffle d'enfançon endormi que je buvais allongée à son côté, ma tête contre la sienne, les yeux fermés, immobile comme une statue pour ne pas le réveiller.

— Il n'y a pas de céréales, il fait chaud, cette maison est trop petite et en plus j'ai dû descendre pour ouvrir au facteur, m'a assaillie Marc dès que j'ai mis le pied dans la cuisine.

— Ah bon ? Ça alors, ai-je soupiré.

Je me suis fait un café double sous son regard accusateur, tandis qu'Óscar, assis à la table de la cuisine, secouait la tête et levait les yeux vers le plafond, essayant de ne pas rire devant cette scène domestique si habituelle.

— Je résume : on doit déménager et tu dois arrêter d'acheter de gros livres qui ne rentrent pas dans la boîte aux lettres, a-t-il ajouté tout en mangeant une tranche de pain grillé tartinée d'avocat.

Non seulement Marc passait une demi-heure par jour à se brosser les dents, mais il avait cessé de manger du sucre et des sucreries. J'espérais de grandes choses de cette jeunesse, qui peut savoir ? Peut-être que les adultes vont revenir à la mode, m'arrivait-il de penser.

— Hier je suis allée avec Bruno dîner dans un restaurant très bon. L'ancien propriétaire était le père d'une amie à moi, on devrait y aller un jour, ai-je dit.

— Et comment ça se fait que Bruno n'ait pas dormi à la maison ? a demandé Óscar.

Tous deux avaient bien sympathisé, ils regardaient souvent des films ensemble et Bruno lui apprenait à jouer au tennis.

— Eh bien, je ne sais pas, ai-je répondu, ce n'est pas obligé qu'il vienne dormir à la maison chaque soir.

— Maman ! s'est-il alors écrié, tu ne vas pas le quitter, pas vrai ? C'est un type super, tu n'en trouveras pas de meilleur.

Je me suis mise à rire. J'ai des enfants un peu trop malins, ai-je pensé.

— Pourquoi je devrais le quitter ? Allez, viens, on va faire ton sac à dos.

Le collège avait donné à Óscar quelques cahiers de devoirs de vacances, qu'il avait entamés avec beaucoup d'enthousiasme, mais pour lesquels son intérêt avait très rapidement décliné. Il venait d'atteindre le chapitre d'histoire qu'il devait faire pendant le mois qu'il allait passer avec son père.

— Je ne veux pas faire des devoirs d'histoire ! s'est-il plaint en me voyant fourrer le cahier de vacances dans ses affaires. Je sais déjà ce que c'est l'histoire.

— Ah oui ? Et c'est quoi l'histoire ? a demandé son frère.

Son père était professeur d'histoire.

— Eh bien c'est très facile, s'est exclamé Óscar avec un grand sérieux. L'histoire c'est : le bing bang, les dinosaures, les Grecs, les Romains, la Révolution française, la lumière, Hitla et Tchernobyl. Et il a ajouté : c'est le big bang qui a tué les dinosaures.

Et alors Marc s'est jeté sur lui et l'a serré dans ses bras :

— Ce que tu es bête ! Ce que tu es bête !

— Et pourquoi tu dis « Hitla » au lieu de « Hitler » ? ai-je demandé.

— C'est comme ça qu'on prononce, « Hitla », ce n'est pas croyable comme vous êtes ignorants dans cette baraque.

Ils allaient me manquer, mais j'étais heureuse d'avoir quelques jours à moi, la vie quotidienne si frénétique, si pleine d'activités, contrariait ma tendance naturelle à la paresse. Certes, j'aimais infiniment plus les chiens, mais mon style de vie idéal était celui des chats : regarder un peu par la fenêtre, sortir me promener à la nuit tombante, chasser une ou deux souris. Je devais me mettre à une traduction du français que je m'étais engagée à rendre au début de l'automne et, sans les enfants à la maison, sans la nécessité de pourvoir aux déjeuners, aux dîners, aux lessives, j'espérais bien l'avancer. Bruno me tiendrait compagnie, on pourrait baiser sur le canapé ou là où l'on en aurait envie, et nous alimenter à base de fromage, vin, biscuits et fruits. Je voulais aussi reprendre contact avec mes anciennes amies du lycée pour qu'ensemble on évoque le souvenir de Gema.

J'ai accompagné Marc jusqu'à l'arrêt du bus de Vic, où habitait son père, ensuite j'ai laissé Óscar chez le sien, qui m'a salué d'un geste de la main très peu enthousiaste depuis le portail.

Óscar s'est éloigné de la voiture d'un pas rapide et décidé, il ne se déplaçait déjà plus comme un enfant, en faisant de petits sauts, il glissait avec une sorte d'allure goguenarde, comme s'il écoutait l'une de ses chansons de rap préférées, conscient de chacun de ses mouvements. Il est tellement grand ! ai-je pensé. J'ai senti le même genre de déchirement que, du temps où j'étais jeune, j'éprouvais en faisant mes adieux à un amoureux : une douleur virulente, passagère et pathétique au cœur. Peut-être était-ce vrai que je n'étais plus amoureuse de Bruno.

7

Nous vivions dans un appartement mansardé lumineux et assez fatigué dont les poutres apparentes semblaient être le prolongement des ormes qui bordaient le trottoir. Quand je levais les yeux de l'ordinateur, mon regard passait par la fenêtre et, apercevant leurs feuilles dentées agitées par la brise, j'avais la sensation qu'elles me saluaient, et leurs mouvements et leur existence mystérieuse me rappelaient les chiens que j'avais eus. Un matin, en m'éveillant, j'avais trouvé une de ces feuilles ovales dans le salon, au pied d'une fenêtre ouverte, j'ai imaginé qu'elle avait traversé la rue et voleté jusqu'à moi exprès. Je l'avais mise dans un petit verre d'eau à côté de mon ordinateur jusqu'à ce qu'elle se flétrisse et j'avais fini par la jeter à la poubelle avec un peu de remords. J'aurais peut-être dû la laisser sécher entre les pages d'un livre, mais l'embaumement m'a toujours semblé quelque chose de déprimant, je préfère que les choses se flétrissent, après tout c'était plus beau.

Il n'y a que mes enfants que j'aie jamais pu observer dans leur sommeil avec un intérêt et un amour véritables.

Quand, à cause de certains hasards de la vie, mes yeux, en s'ouvrant, butaient contre le regard d'une autre personne fixé sur moi, je ne pouvais pas m'empêcher d'éprouver un peu d'angoisse et d'irritation, comme si on essayait de m'arracher à mon sommeil avant l'heure ou de découvrir des secrets que j'aurais moi-même ignorés.

Je me suis réveillée en sentant que Bruno s'agitait à mon côté.

— Je vais acheter de quoi faire le petit déjeuner ! a-t-il dit en sautant hors du lit.

Une lumière douce et tamisée filtrait à travers les lames de la persienne, faisant un grand dessin géométrique sur la moquette grise. Il doit être tôt, me suis-je dit. Bruno se déplaçait dans la pièce avec agilité et délicatesse, une ombre à peine, aussi légère que celle de Peter Pan. Il s'est habillé en trente secondes.

Dès que j'ai entendu la porte se fermer, moi aussi je me suis levée d'un bond et suis allée à la cuisine me faire un café. S'il pouvait rester dehors un bon moment ! ai-je pensé. Ça faisait trois jours que nous étions retranchés dans la maison et je commençais à éprouver une certaine claustrophobie. Je ressens autant de plaisir à le voir partir qu'à le voir arriver, me suis-je dit. C'est normal, les deux mouvements sont très importants, la suppression de l'un ou de l'autre est toujours catastrophique.

Et pour éviter de faire face à la situation, je me suis mise à philosopher. Les gens vont et viennent, on ne peut pas faire beaucoup mieux, me suis-je dit, en réfléchissant à ce que j'allais mettre. Quand j'étais enfant, mon père me couchait et restait avec moi un moment, puis il se levait pour s'en aller, et si je protestais il me disait, sa silhouette reconnaissable entre toutes, mince, élancée et souple, se découpant dans le cadre éclairé de la porte : « Je m'en vais et je reviens, ne t'inquiète pas, je m'en vais et je reviens. » Et je m'endormais tout de suite, certaine qu'il reviendrait. La meilleure attitude, sans doute, est celle de « je vais et je viens ». Ce qui importe le plus n'est peut-être pas de rester, de s'ennuyer aux côtés de l'autre, mais qu'il sache que, quoi qu'il arrive, vous allez revenir.

Bruno est revenu au bout de douze minutes et demie avec du pain et des croissants.

— Partons en vacances, allez ! a-t-il dit en s'asseyant en face de moi, une tasse de café à la main. Où est-ce que tu veux aller ? On peut aller où tu voudras, c'est moi qui t'invite. Tu veux qu'on aille sur une des îles des Caraïbes ?

— Des Caraïbes ? Pourquoi je voudrais aller aux Caraïbes, alors que j'ai la Méditerranée tout à côté ?

— Alors, en Italie !

— J'ai besoin de travailler, Bruno, sérieusement. Et je crois que quelques jours seule et tranquille vont me faire du bien. Et j'aimerais aussi voir mes amies du lycée, et chercher à savoir ce qui est arrivé à Gema, à ses parents.

— Qui est cette Gema ? m'a demandé Bruno, surpris.

— Comment, qui est Gema ? Gema ! Celle du restaurant de l'autre jour, mon amie qui est morte, Gema !

Il m'a fixée, les sourcils froncés, s'est passé la main plusieurs fois sur les cheveux, dans une feinte tentative de les coiffer, en réalité il les décoiffait. C'était un geste de coquetterie, et non de vanité, ce qui est différent, beaucoup plus heureux et ludique. Bruno avait une relation quasiment enfantine avec sa propre beauté. Parfois il lui arrivait, en se contemplant dans une glace, de laisser échapper un sourire de satisfaction. Il était possible que personne n'ait jamais refusé de partir en vacances avec lui. L'éducation sentimentale des gens attirants est, sous un certain angle, beaucoup plus rapide, mais, sous un autre, beaucoup plus lente.

— Oui, oui, ça me revient. Mais qu'est-ce que tu cherches à savoir ? Elle est morte depuis trente ans.

— Eh bien, je ne sais pas, c'est vrai, mais je finirai bien par le savoir, ai-je dit.

— Mais tu dois le faire maintenant, en plein mois de juillet ? Il s'est fourré un croissant tout entier dans la bouche. Moi, si je restais ici, j'aurais l'impression d'avoir perdu mon temps, a-t-il marmonné.

— Bien sûr, évidemment, il ne faut pas gâcher son temps. Tu peux faire ce que tu veux, je trouverai ça parfait.

Bruno continuait à me fixer avec incrédulité.

— Je sais bien que je peux faire ce que je veux, ne me prends pas pour un idiot.

Il a eu un air pensif pendant quelques instants.

— Bon, si vraiment tu ne veux aller nulle part, il est possible que moi je fasse un tour ailleurs quelques jours, a-t-il dit finalement. Hier, j'ai parlé avec Virginia et elle m'a rappelé son pavillon pour les invités à Majorque.

— Ah… Virginia ! C'est une bonne idée, ai-je dit. Il s'est de nouveau décoiffé la frange. Tu devrais y aller, bien sûr. Tu prendras du bon temps. Si je finis rapidement la traduction je viendrai te voir, j'aimerais passer quelques jours à la plage.

— Ce serait génial. Il a souri et semblé se détendre. Il s'est approché de ma chaise, s'est accroupi, a appuyé ses mains sur mes genoux, m'a embrassée et a dit qu'il m'aimait.

— Moi aussi, ai-je répondu.

— C'est vrai que tu viendras à Majorque ? Je vais passer mon temps à t'envoyer des messages.

— Oui. Peut-être que oui.

Nous avons fini notre petit déjeuner et je l'ai accompagné jusqu'à la rue, pour lui dire au revoir. Il m'a embrassée comme s'il était sur le point de s'embarquer pour une traversée au long cours. Et soudain j'ai senti une flambée d'euphorie : « Je vais rester seule quelques jours ! Liberté, liberté ! », suivie par un très léger frisson de culpabilité, « mais il va me manquer, bien sûr, vraiment beaucoup. » Tandis qu'il me serrait contre lui, il m'a écarté un peu les jambes avec l'une des siennes et, respirant profondément, j'ai pensé : bien sûr que je l'aime ! À ce moment-là un homme est passé à côté de nous et a murmuré : « Ah, l'amour ! » Bruno s'est écarté de moi en riant, son visage s'était légèrement empourpré.

— C'est de l'amour, pas vrai ? a-t-il dit en prenant un air sérieux. De l'amour véritable.

— Oui, oui, ai-je répondu en me pendant à son cou. J'aurais pu lui dire « oui, oui, oui » ou bien « oui, oui, oui, oui », la seule chose que je n'aurais pas pu lui dire, c'est « oui ».

Il a enfourché sa moto.

— Moi aussi, j'ai une vie intérieure, tu sais ? m'a-t-il dit en se mettant le casque.

— Bien sûr que oui, lui ai-je dit en souriant, et je l'ai embrassé de nouveau.

L'expérience amoureuse n'est pas quelque chose qu'on acquiert au fil du temps, elle s'abat sur vous d'une manière inattendue. Un jour, vous êtes vautrée sur le canapé, ou bien vous attendez l'autobus, et soudain vous pensez : « Ça y est, je l'ai, j'ai compris. » Il ne s'agit pas non plus exactement d'une révélation, c'est comme si un puits s'était lentement empli d'eau et que subitement vous y ayez accès. Nous ne faisons pas de lents progrès en amour, mais tout à coup nous savons, un peu comme le vélo : un beau jour, vous le prenez, et voilà que vous savez tenir dessus et dévaler la rue à toute vitesse.

Tandis qu'il s'éloignait à moto, il a agité la main. Six ans nous séparaient, deux siècles d'expérience et une maladie bénigne : sa fièvre amoureuse.

8

Quelques jours plus tard, deux de mes meilleures amies du Lycée français, Beatriz et Marta, sont venues manger chez moi. Ensemble, nous avions voyagé, nous étions tombées amoureuses, nous nous étions soûlées, nous avions assisté au lever du soleil. Et nous nous étions aimées, détestées et critiquées les unes les autres avec passion. Nous avions partagé nos vêtements, nagé dans la même mer, pleuré de rire, pleuré tout court.

Quand nous avions commencé à sortir avec des garçons, nous savions déjà très bien ce qu'est une relation sentimentale longue et compliquée. La première de ces relations, nous l'avions eue avec notre mère (et, pour le meilleur comme pour le pire, elle survivrait à toutes les autres), la deuxième avec nos amies. L'éducation sentimentale, aussi bien féminine que masculine, est toujours à la charge des femmes.

Comme chaque fois, depuis des années, depuis qu'elles n'étaient plus mes amours les plus importantes, une minute avant qu'elles ne sonnent à la porte, j'ai pensé : quelle flemme ! Quel sens ça a, de continuer à nous voir ?

Je n'avais pas été capable de conserver l'amitié de notre jeunesse, elle m'avait glissé sans que je m'en rende compte entre les doigts. Je me justifiais de mille manières différentes. Quelle nullité que l'amitié, comparée à la passion ! me disais-je. Quel ennui que ce genre d'amour apaisé et distant, dépourvu d'émotions fortes, bourré d'obligations cachées et de pesantes exigences, susceptible de jalousies terribles et de trahisons impardonnables. Mais, en secret, j'enviais ces personnes qui consacraient une partie de leur temps à l'amitié, qui la bichonnaient et la cultivaient, qui déposaient en elle leurs espoirs et les voyaient réalisés. Comme avec la musique classique de Marc, je savais que je perdais quelque chose. Quand un jour Bruno m'avait demandé pourquoi je ne sortais presque jamais avec mes amies, je lui avais répondu, pour me défendre :

— L'amitié est un jeu trop subtil pour moi, les mises me paraissent toujours trop basses, le prix à payer exorbitant. Je déteste ceux qui proclament être très amis de leurs amis, ils sont pareils aux types qui assurent être de grands amants. L'amour, l'amour individuel, aussi radical et inexplicable qu'un séisme, est devenu pudique, alors que l'amitié, l'amitié correcte, propre, qui n'a pas besoin d'obscurité pour exister, s'est faite très exhibitionniste. C'est le monde à l'envers ! L'apologie de l'amitié si pure, si généreuse et désintéressée au détriment de l'amour passionné est un triomphe de plus du puritanisme.

— Tu as peut-être raison, avait dit Bruno, mais de toute façon je crois que tu devrais les voir plus souvent, elles t'aiment beaucoup.

À peine étaient-elles entrées que j'ai senti que quelque chose clochait. Marta était, comme toujours, bien habillée et maquillée, comme si elle se rendait à une fête, avec des chaussures à semelles compensées qui nous faisaient passer, à Beatriz et à moi, pour des naines, un jean très ajusté et un sweat-shirt noir qui laissait à découvert l'une de ses épaules couleur caramel.

— Quelle belle maison tu as ! a dit Beatriz. J'oublie toujours, et chaque fois que je reviens chez toi je me dis : comme c'est agréable.

C'était Beatriz qui clochait ! Elle avait perdu une dent !

Le problème, quand on n'est plus jeune, c'est que l'apparence des amis devient un sujet à la fois personnel et collectif. Si Marta continuait à être sexy et voluptueuse, ça signifiait que nous toutes pouvions l'être – à partir d'un certain âge, la beauté des amies n'était plus un motif de compétition ou de jalousie, mais de fierté et de joie, un triomphe collectif –, mais si Beatriz commençait à perdre ses dents... Bref, je préférais ne pas y penser. Non non non non, ne souris pas, petite Beatriz, pas question de sourire. Peut-être que ça vient de lui arriver et qu'elle ne s'en est pas rendu compte. Peut-être qu'elle a perdu sa dent devant chez moi. Un gamin, sorti pour faire un tour cet après-midi, allait trouver une ratiche dans la rue, penserait que c'était une dent de dinosaure et la garderait comme un trésor, jusqu'à ce que sa mère la découvre et, surprise et horrifiée, la balance à la poubelle.

Je me suis stratégiquement assise à sa droite : si elle ne tournait pas trop la tête vers moi, on serait bien. Ou alors je pouvais ne m'adresser qu'à Marta, j'avais toujours pensé que ma préférence envers Beatriz était trop manifeste, l'heure était peut-être venue de la corriger.

— Et comment vas-tu ? Est-ce que tout va bien ? a dit Beatriz.

Je ne pouvais pas supporter cette situation une seconde de plus, j'allais faire un malaise.

— Comment ça, est-ce que tout va bien ? Mais tu as perdu une dent ! Comment veux-tu que ça aille ! me suis-je exclamée.

— Oui, a-t-elle répondu en souriant et mettant sa main devant la bouche. C'est à cause de l'opération de la mâchoire qu'on m'a faite il y a un mois, je t'ai dit que j'étais mal fichue.

Je me suis débattue un instant entre la compassion et l'égoïsme.

— Ah oui, c'est vrai ! Je me souvenais vaguement qu'elle m'avait dit je ne sais quoi à propos d'une intervention chirurgicale.

— Et puis ma mère ne va pas bien, a-t-elle ajouté. Mes sœurs sont parties en vacances et c'est moi qui ai dû m'occuper d'elle, je n'ai pas eu le temps d'aller chez le dentiste.

Ça faisait des années que sa mère n'allait pas bien, j'avais fini par penser que ses maux avaient plus à voir avec la solitude et la vieillesse qu'avec une maladie particulière.

— Ah, vraiment, je suis désolée, ai-je dit. Mais elle va quand même bien repousser, non ? Comme un tentacule de poulpe, quand un requin le lui arrache, ça repousse.

Marta a éclaté de rire. Beatriz et moi étions devenues amies parce que, en plus d'être dans la même classe, nous avions des amies et des goûts en commun. En revanche, j'avais commencé à me lier à Marta le jour où un professeur, excédé de m'entendre bavarder et rire au fond de la classe, m'avait punie en m'obligeant à m'installer au pupitre où elle était assise, au premier rang, juste devant le tableau.

— Tu es incroyable ! a dit Beatriz. On me la remplacera dans quelques mois, quand l'os se sera régénéré.

— Dans quelques mois ! Mais combien exactement ?

— Six ou sept.

— Six ou sept ! Mais c'est horrible. Tu es consciente que tu ne pourras pas draguer jusqu'à ce que tu aies toutes tes dents ?

— Eh bien ! Vraiment, tu exagères ! a dit Marta.

— Tu sais parfaitement que j'ai raison. Ne fais pas semblant.

— Quand j'ai arrêté les teintures pour cacher mes cheveux blancs, tu m'as dit la même chose et tu vois, je n'ai pas eu à me plaindre, a dit Beatriz en haussant les épaules.

Mais une chose était d'avoir cette merveilleuse chevelure, presque métallique, lisse, aux reflets bleus, pareille à celle d'une nymphe des bois, et une autre de se balader partout avec cette bouche édentée.

— Tu es prête à ce que personne ne t'embrasse pendant six mois ? ai-je demandé, et, sans lui laisser le temps de répondre, j'ai ajouté : Mais que personne ne t'embrasse pendant six mois, ça n'est pas le plus grave ! Le plus grave, c'est que personne ne désire le faire.

— Six mois, ça passe vite, a dit Marta.

Beatriz doit penser que c'est du gaspillage que de se mettre des prothèses provisoires, ai-je pensé. Elle est vraiment économe. Je l'ai toujours remarqué au moment du dessert : elle me foudroie du regard quand je me jette dessus, et si j'en viens à bout avant qu'elle ait pu le goûter, n'en parlons pas. Ça, ça la fait disjoncter.

— Comment va Bruno ? m'a demandé Marta pour changer de sujet.

— Il va bien, c'est un type fantastique.

Je me suis tue quelques secondes sans savoir comment poursuivre.

— Et ? a dit Beatriz.

— Peut-être que je vais le quitter. Je ne sais pas, ai-je répondu.

Je n'ai pas entendu leurs exclamations de surprise et de protestation.

Ouf ! ai-je pensé. Je viens de me débarrasser d'un gros poids. Je ne sais pas ce que je vais faire, mais je sais qu'il est nécessaire que j'agisse, je viens de le dire. Il y a des choses qui ne sont pas vraies tant qu'elles ne sont pas dites à haute voix, alors que d'autres, une fois dites à haute voix, cessent d'être vraies. Et pourtant, c'est un type très bien.

— Mais qu'est-ce qui se passe ? Il y a eu un problème ? Vous étiez pourtant très bien ensemble, a dit Marta.

— Je m'ennuie un peu avec lui, je crois que nous avons commencé à nous ennuyer ensemble.

Dans le fond, je ne savais pas si lui s'ennuyait, je croyais que non, quand on est amoureux, on ne s'ennuie pas, on souffre.

Beatriz, qui s'était immédiatement identifiée à Bruno tout en me plaçant en lieu sûr, considérant comme évident que la victime, c'était lui, a murmuré :

— Pauvre garçon. Le problème est que tu n'es pas amoureuse de lui, à aucun moment tu ne l'as été.

— Tu crois ?

Je me suis levée, j'ai sorti un gâteau au chocolat du réfrigérateur et, pendant que je le servais, je leur ai demandé ce qu'elles savaient sur Gema.

— Elle a eu une leucémie foudroyante, a dit Beatriz. Elle est morte en deux mois. Elle a quitté le lycée avant les vacances de Noël et elle n'est plus revenue.

— Ça a été aussi rapide ? Elle n'est pas morte au printemps ? ai-je dit.

— Non, non, c'était en hiver, a insisté Beatriz, j'en suis absolument sûre et ç'a été très très rapide.

— Moi aussi je crois qu'elle est morte en hiver, a dit Marta. Pourquoi tu ne cherches pas son avis de décès ? Il a certainement été publié dans le journal.

— Oui, c'est une bonne idée, je vais le faire. Et vous savez où elle est morte ? Elle était à l'hôpital ? Quelqu'un est allé lui rendre visite ? ai-je demandé.

— Moi, j'y suis allée avec des copines de classe, a dit Beatriz, mais je n'ai pas gardé beaucoup de souvenirs, seulement son aspect, qui m'avait beaucoup impressionnée, elle était très maigre.

— C'était quel hôpital ?

— Je ne m'en souviens pas.

Aucune des deux ne se rappelait si elle était repassée un jour au lycée quand elle était malade.

— Le plus logique, c'est qu'elle ne soit pas passée, tout est allé si vite, a dit Beatriz, toujours assise.

— Eh bien moi, je l'ai vue, ai-je répliqué. Ça faisait longtemps qu'elle n'allait plus en cours, et un jour elle est venue, peut-être seulement quelques heures, je ne sais pas. Je suis allée lui dire bonjour, elle avait l'air très malade, on a passé un moment à bavarder. Je m'en souviens parfaitement.

Beatriz m'a jeté un coup d'œil dubitatif et n'a rien dit.

— Bon, si tu dis que ça s'est passé, alors ça s'est passé, a affirmé Marta en me faisant une légère caresse sur la main.

Toutes les trois, par contre, nous nous souvenions très bien de la messe qui s'était tenue quelques semaines plus tard à la chapelle française. Nous avions été indignées par les paroles et le ton du curé, qui parlait comme si c'était un honneur pour Gema que Dieu l'ait rappelée à Lui aussi vite. Je m'étais assise au dernier rang avec mes amies, comme en classe – avant que le professeur ne me place devant avec Marta –, et comme nous le faisions dans le bus. Nous n'avions pas vu les parents de Gema. Je me rappelais avoir eu la sensation de fouler la terre aride et terrifiante des adultes pour la deuxième fois de ma vie, après cette première fois, dans la cour, qui avait été ma dernière rencontre avec Gema.

— Moi, je suis aussi allée à l'enterrement, a dit Marta, c'était très triste, je ne sais plus où ça s'est passé, peut-être à Montjuïc, j'imagine. À la fin, on nous a donné une petite photo de Gema comme faire-part.

— Moi, je n'y suis pas allée.

Pourquoi je n'y étais pas allée ?

— Je crois que je n'étais pas au courant. Personne ne m'a avertie. Toi, tu le savais ? ai-je demandé à Beatriz avec irritation, comme si cela venait d'arriver. Tu aurais pu me dire quelque chose.

— Je ne m'en souviens pas. Peut-être que je t'ai prévenue et que tu ne pouvais pas venir. Ou alors, on n'avait invité que ses meilleures amies de la classe. Moi non plus, je n'y suis pas allée.

— Toi, tu n'as jamais été aussi amie avec elle que moi.

Nous n'étions plus en compétition sur le plan de la beauté, mais sur celui de l'amitié, si : pour l'amour, nous nous battrions jusqu'à la fin – alors que pour les hommes nous n'avions jamais bataillé. Nous n'avions guère plus de souvenirs ; moi, je me rappelais que quelqu'un m'avait raconté qu'on avait enfoncé une énorme aiguille dans le bas du dos de Gema, quelque chose en rapport avec la moelle osseuse qu'évidemment je n'avais pas compris, mais qui m'avait fait faire des cauchemars pendant des semaines. Nous avions répété d'innombrables fois que c'était une terrible tragédie, mais ça, ce n'est pas un vrai souvenir, c'est ce qu'on se dit en lisant dans le journal la nouvelle d'un malheur qui a eu lieu à plusieurs milliers de kilomètres de distance. Peut-être ces trente années sont-elles des milliers de kilomètres. Peut-être que l'ignorance et la jeunesse, ce bouclier indestructible, nous protégeaient, non seulement nous – qu'est-ce que la mort quand on a quinze ans, sinon une langue étrangère, un horizon invisible, une planète inconnue ? –, mais aussi Gema ; peut-être ne s'apercevait-elle pas de l'escroquerie absolue dont elle était la victime – adieu à tout, sans avoir encore baisé, sans avoir d'enfants, sans avoir probablement vu Venise, sans même s'être baignée à poil une seule fois –, mais j'en doute, c'était la fille la plus intelligente de la classe.

La dernière fois que je l'avais vue, elle avait déjà le regard empli de brouillard, comme celui de mon père à l'hôpital. Lui aussi se tenait bien droit, assis sur une chaise devant une petite table à roulettes. Il ne gisait pas comme un malade, il était enveloppé dans une robe de chambre de lord anglais très élégante. Je n'ai jamais vu mon père étendu, les héros ne s'allongent pas, les déesses oui. Ma mère était presque toujours à moitié nue, vautrée sur son lit, travaillant, jouant aux cartes, lisant, parlant au téléphone ou s'amusant avec ses chiens.

Nous étions déjà en train de nous quitter quand Beatriz m'a dit :

— Tu sais ce que j'ai pensé à ce moment-là ? J'ai pensé : ah, d'accord, alors c'est seulement ça ?

Nous nous sommes regardées toutes trois en silence.

— Nous étions très jeunes, ai-je fini par dire.

— Oui, bien sûr, a-t-elle répondu.

— Allons-y, il se fait tard, a conclu Marta.

Tandis qu'elles descendaient les escaliers, je les ai entendues se demander quel était le meilleur bar des environs pour prendre un mojito.

9

Une fois seule, je me suis mise à chercher des photos de Gema. Il devait bien y en avoir une dans l'un des albums de photos de famille. Chaque année, ma mère me donnait une petite enveloppe avec de l'argent pour acheter deux exemplaires de la photo de classe, un pour mes grands-parents et un pour nous. Mais je n'ai pas trouvé une seule photo de mon amie, peut-être parce que l'album datant de cette époque avait été égaré, ou qu'il était encore dans l'un des cartons du déménagement qu'en sept ans nous n'avions pas encore eu le temps de déballer.

Je perdais toujours les choses qui m'importaient le plus, bien sûr, les autres, je ne m'en apercevais même pas, puisque je ne les recherchais jamais. Mais je m'habituais rapidement aux pertes matérielles : ce qui n'est pas là n'est pas là, il n'y a rien à ajouter, et comme je n'ai pas le pouvoir de le faire réapparaître par magie, le mieux est de ne pas s'obstiner ; et les choses qui avaient disparu restaient dans ma mémoire, le lieu le plus sûr du monde, elles n'avaient pas tout à fait disparu, elles continuaient à être.

Bien que je les aie rangés sur l'étagère la plus haute de l'armoire et que je ne les aie pas souvent ouverts, j'adorais ces albums photo. Quand ma mère, par provocation et par coquetterie, parlait de ce qu'elle nous laisserait en héritage, bien des années avant que sa mort ne soit même très lointainement concevable – les mères sont immortelles : avoir des enfants nous rend immortelles, du moins aux yeux de ces derniers –, moi, je lui disais toujours que ce qui me ferait le plus plaisir serait les albums photo. Enfant, j'avais passé des heures et des heures plongée dans ces épais volumes soigneusement confectionnés, par mon grand-père d'abord, puis, après son décès, par ma mère. Ils attestaient que nous avions été assez heureux, assez beaux. Ils témoignaient aussi qu'on nous avait aimés, que notre enfance avait été assez précieuse pour que quelqu'un se donne la peine d'en conserver une image. Faire des photos n'était pas aussi simple qu'à présent. Mon grand-père avait passé des heures, des journées entières à choisir les photos, à les disposer dans l'ordre chronologique, à les placer bien droites, proprement, sans aucun emplâtre, à noter dessous, d'une calligraphie soignée, les lieux, les dates et les noms. Et ensuite, lui et moi, nous les regardions durant de longs moments – enfant, le passé ne me faisait pas peur comme maintenant, il n'y avait pas de danger de rester pris dans ses sables mouvants. Mon grand-père avait l'habitude de me raconter l'histoire de chaque photo : « Quand nous avons pris celle-ci, tu étais si insupportable qu'on a dû te donner des bonbons pour que tu te tiennes tranquille. » « Cette tenue de danseuse, elle t'a été apportée par les Rois mages. » « Sur celle-ci tu pleurais désespérément parce que tu ne voulais pas quitter Venise. »

Un jour, bien des années plus tard, en arrivant à la maison, j'avais trouvé ma mère – qui était déjà très malade – assise par terre, environnée de coupures de papiers, brandissant de manière triomphale la paire de ciseaux de la cuisine.

— Ces albums étaient mal foutus, m'avait-elle dit en me montrant le désastre.

Ma mère avait étripé les albums de photos de mon enfance pour les agencer à sa manière et, d'après elle, avec beaucoup plus de talent et de discernement que mon grand-père. Il avait été impossible de tous les reconstituer. Des quantités de pages avaient fini à la poubelle, les commentaires de mon grand-père et sa calligraphie blanche minuscule et bouclée se sont perdus pour toujours.

Un an avant sa mort, ma mère était arrivée à ma fête d'anniversaire en traînant derrière elle une lourde valise à roulettes. Dans cette valise se trouvaient tous les albums.

10

Peut-être que Sandra, ma meilleure amie d'enfance – Beatriz et Marta étaient des amies d'adolescence –, avait des photos, ai-je pensé. J'ai appelé Sandra et nous avons décidé de nous voir dans les jours qui suivaient. Ça faisait très longtemps qu'on ne s'était pas vues. Si ma mère avait été mon premier amour, alors Sandra avait été le deuxième.

Si je compare, l'affection des hommes était beaucoup plus simple, je n'ai jamais senti qu'ils étaient hostiles ni que je devais les convaincre de quoi que ce soit : ils étaient de mon côté. Mon père et mon grand-père, qui me trouvaient irrésistible et m'adoraient, tous deux décédés en l'espace de quelques mois quand j'avais dix-sept ans, ont sauvé le genre masculin pour toute ma vie. Et ont laissé gravée dans mon esprit pour l'éternité l'image de ce que devait être un homme.

Les extraordinaires femmes de ma famille, plus intelligentes, plus compliquées et créatives, n'ont jamais interféré avec cette illusion, mais m'ont fait payer beaucoup plus cher leur amour, peut-être parce qu'elles ont vécu plus longtemps.

À cinq ans, je savais déjà ce que signifiait d'être adorée par un homme et de se battre pour l'amour d'une femme. Cependant, je n'ai jamais eu l'idée de chercher mon père ou mon grand-père dans les hommes dont je tombais amoureuse, je les avais déjà eus, à quoi bon les chercher ? En revanche, la recherche de ma mère dans toutes les femmes s'est poursuivie.

Nous nous sommes mises d'accord pour huit heures du soir dans une cafétéria du quartier, Sandra ne vivait pas loin. Il y avait peu de monde, c'était une heure un peu étrange, huit heures. J'ai choisi une table à côté de l'entrée. Comme j'étais nerveuse ! Si longtemps sans nous voir. En plus je me trouvais très très moche. J'étais dans le même état que lorsque je me retrouvais, après un certain temps, avec un ancien amoureux qui me plaisait encore un peu. Avec ceux qui ne me plaisaient plus, j'essayais de ne pas avoir de rendez-vous, même si, bien sûr, il m'arrivait de céder, car malgré tout je m'efforçais d'être une bonne personne. J'étais très mal habillée ; ce qui, chez moi, avait semblé une bonne idée – un jean trop grand et une chemise à rayures bleues – n'en était pas une en réalité. Si encore la chemise avait été en soie, ou le pantalon à ma taille… Il n'y avait que les ongles qui allaient, du même rose pâle, comme un petit nuage, aux mains comme aux pieds. Elle, c'est sûr, elle le remarquera, ai-je pensé. Un homme n'y ferait pas attention (et Beatriz non plus probablement), il ne trouverait rien de plus normal au monde qu'une femme qui ait les ongles pareils à des pétales de fleur, mais soudain serait pris du désir de lui embrasser les mains, sans savoir pourquoi.

Pendant que je l'attendais, Sandra m'a appelée cinq fois. « Où est-ce qu'on s'est donné rancard ? » « À quelle heure ? » « Tu es déjà arrivée ? » « Comment tu vas ? »

Avoir rendez-vous avec Sandra n'était pas facile. Quelques jours auparavant, elle m'avait appelée à l'heure du déjeuner.

— Ça te dit de grignoter un morceau avec moi ?

— Je suis en train de manger. Il est deux heures et demie !

— Ah bon ? Et comment ça se fait que tu sois à table si tôt ?

— Eh bien, je ne sais pas, je devais avoir faim. Ce n'est pas si tôt que ça. Tu voudrais qu'on déjeune demain ?

— Non, non, demain, impossible.

Et le lendemain, à deux heures et demie pile, elle m'a appelée de nouveau pour savoir quels plans j'avais pour déjeuner.

— Tu ne veux pas arriver, une fois pour toutes ? lui ai-je dit au troisième appel.

Elle s'est mise à rire.

— Tu es méchante. Oui, méchante méchante.

J'ai souri. Il n'y avait que ma mère et Sandra qui m'avaient dit que j'étais méchante, bon, pas méchante, mais « méchante méchante », ce qui était beaucoup moins grave. Marc le disait aussi parfois, pour plaisanter, pour parodier sa grand-mère.

Les hommes craignaient et adoraient Sandra. Les

femmes, elles, la détestaient, pas parce qu'elles étaient jalouses de ses traits si jolis – les cheveux raides couleur miel, les sourcils épais et sombres, les profonds yeux bleus, la bouche moqueuse et le petit menton pointu –, ni de ce corps doré et souple qui paraissait fait pour danser la nuit entière et s'abandonner sur le sable le jour durant, mais parce que Sandra disait toujours la première chose qui lui passait par la tête, et, en général, c'était une insolence. Elle ne le faisait pas par mauvais esprit ou pour ennuyer, c'était simplement ce qu'elle pensait, et parfois ce que nous pensions tous sans oser le dire à voix haute.

Elle m'avait appelée quelques semaines après le décès de mon père. Déjà, à ce moment-là, on ne se fréquentait plus, on n'était pas dans la même classe et ça faisait longtemps que je n'avais plus de ses nouvelles. Au bout de quelques minutes de conversation, au cours desquelles elle seule avait parlé, Sandra s'était exclamée :

— Eh bien, on dirait que tu n'es pas très affectée, non ?

Sandra était comme ça, c'est pourquoi elle avait du mal à conserver des amitiés.

Elle portait une minijupe en jean, des espadrilles à semelles compensées et un tee-shirt délavé. Quand j'étais enfant, je voulais toujours être habillée comme elle, sa mère adorait les vêtements, et sa petite sœur et elle étaient toujours très chics, alors que ma mère se fichait de la mode comme de sa première layette. Mon frère et moi portions des vêtements pratiques et de bonne qualité, et moi j'avais quelques habits de fête, pour les jours spéciaux, mais ça n'avait rien à voir avec les ensembles que Sandra et sa sœur portaient au collège.

— Ce que tu es belle ! s'est-elle exclamée en me voyant.

Ce sont toujours les gens plus beaux que vous qui vous disent que vous êtes belle.

— Toi, vraiment, tu es belle, ai-je dit.

Comme elle voulait fumer, nous sommes sorties avec nos verres sur la terrasse, il était un peu tôt mais nous avions commandé du vin pour fêter nos retrouvailles.

— Gema ? Oui, oui, bien sûr que je me souviens, ç'a été horrible, a-t-elle dit après que je lui ai posé la question. Mais je ne vais pas pouvoir te donner beaucoup de détails, ça fait si longtemps. Je me rappelle ses fêtes d'anniversaire, ça oui, et les sorbets à la framboise que son père faisait.

— Oui, quelles belles fêtes, pas vrai ?

— Merveilleuses. Maintenant elles ont toutes lieu dans ces endroits qui donnent la chair de poule du genre « Kiddie Funland ».

Nous nous sommes mises à rire.

— Et tu te souviens qu'un jour, après le déjeuner, Gema avait organisé un mariage dans la cour ? On avait dans les six ans. Elle avait marié Isabel Margarit avec un garçon, je ne me rappelle pas qui.

— Oui ! Je me souviens ! Nous, on y était allées en invitées. Gema faisait le curé, elle s'était mis le tablier de cantine comme si c'était une cape et on avait fait les bagues avec la peau d'une banane. C'était génial. La meilleure cérémonie de mariage à laquelle j'ai assisté.

— Oui, la plus courte, ai-je dit.

— Je vais aller commander à manger, sinon ça va nous monter à la tête, a-t-elle dit alors, en se levant.

Comme tout en Sandra me paraissait familier ! Parfois, emportés par l'enthousiasme, nous disons de quelqu'un que nous venons de rencontrer : « C'est comme si je l'avais connu toute ma vie », mais ce n'est jamais vrai, rien ne peut remplacer toute la vie, il faut l'accumulation des moments, des heures et des jours qui finissent par lui donner forme.

Elle est revenue avec une petite assiette d'amandes salées et un sachet de chips.

— Est-ce que par hasard tu te souviens si Gema était revenue au lycée ?

— Eh bien, non, en réalité, je ne sais pas. Elle est revenue ?

— Oui, oui, moi je l'ai vue.

Cela faisait un moment qu'elle jouait machinalement avec son portable, elle l'a posé sur la table et a sorti le tabac à rouler.

— Tu veux que je t'en roule une ? a-t-elle demandé. Il n'y a pas de drogue dedans. Ne t'inquiète pas.

Nous nous sommes mises à rire de nouveau. Le niveau de nos blagues était le même qu'à l'époque du lycée.

— Oui, s'il te plaît.

— Et comment ça va, avec ton fiancé ? Tu sors toujours avec cet acteur ? Et, sans me donner le temps de répondre, elle a ajouté : Les types sont pénibles, pas vrai ? Pénibles de chez pénible. Moi, je sors avec un jeune gars depuis quelques mois, et je ne sais pas quoi faire, c'est un type bien, mais…

Puis elle s'est mise à énumérer les raisons à la fois frivoles et profondes (comme le sont toujours les raisons d'aimer et de cesser d'aimer quelqu'un) pour lesquelles elle ne savait pas s'il fallait rompre avec lui.

Nous disons « je l'ai aimé parce qu'il savait jouer du bongo », « je l'ai quitté parce qu'il laissait toujours la lumière du vestibule allumée », « parce qu'il savait réparer la machine à laver », « parce qu'en réalité c'était un amant nul », « parce qu'il ne laissait jamais personne en plan », « parce qu'il ne savait pas parler avec les animaux », « parce que c'était un lâche ».

— Il s'habille comment, Bruno ? Ricard met des chemises horribles, mais vraiment horribles.

— Il s'habille bien. Il aime ça, ai-je répondu.

— Eh bien, tu ne sais pas la chance que tu as !

— Bon, ce n'est pas si grave de porter des chemises horribles, si ?

Elle m'a regardée en écarquillant grand les yeux.

— Eh bien, si, c'est assez grave, et tu le sais parfaitement, ne fais pas la gentille fille avec moi.

Et nous avons encore ri.

— Tu ne lui as tout de même pas dit que ses chemises sont horribles, si ?

— Pas avec ces mots, non, mais on s'est mis d'accord, à partir de maintenant on ira acheter ses vêtements ensemble.

Un jour, à Cadaqués, c'était il y a bien des années, je prenais mon petit déjeuner au Bar Casino quand était arrivé Simon, l'un de mes meilleurs amis de cette époque. Sandra était venue pour quelques jours chez moi et, la nuit précédente, elle avait entamé un flirt avec lui. « Comment ça va avec Sandra ? Ça s'est bien passé ? » lui avais-je demandé dès qu'il s'était assis à côté de moi avec un Coca-Cola, un sandwich à l'omelette et sa mignonne tête de distrait ensommeillé. Simon jouait du piano dans un groupe de rock, et était le plus attirant de mes amis. Sandra devait être en train de dormir ou alors de crapahuter parmi les rochers, cette année-là elle s'était prise de passion pour la pêche à pied. « Oui, oui, ça s'est bien passé », avait-il répondu. Il avait avalé une gorgée de Coca-Cola, l'air plus perplexe que d'habitude : « Mais quand nous avons fini, elle m'a dit qu'en fait la pénétration ne l'intéressait pas. » J'avais essayé de ne pas éclater de rire. « Elle est vraiment fofolle », lui avais-je dit pour le consoler.

Sandra, la plus bourgeoise et conformiste de mes amies, était celle qui en réalité l'était le moins. La liberté est un don, comme la beauté ou le talent, elle n'est presque jamais une conquête.

— Et, en plus, il a des enfants, a-t-elle ajouté en soupirant, et vit dans la même rue que ses ex-beaux-parents.

— Toi aussi tu as une fille.

— Mais les siens, ils sont petits. Et vivre dans la même rue que ses ex-beaux-parents, qu'est-ce que tu en dis ?

J'ai imaginé le petit ami se mettre à organiser un déménagement d'urgence. Si nous étions capables de vivre nos relations amoureuses avec autant de légèreté que nous en parlons avec nos amies après quelques verres, tout serait plus facile, ai-je pensé.

Nous avions fini la bouteille de vin et la nuit était tombée.

— Il se fait tard, ai-je dit en m'étirant, mon regard tourné sur la rue déserte.

Elle a posé sa main sur mon bras :

— Attends ! Je ne t'ai pas dit le pire de tout. Et, se penchant vers moi comme si elle allait me révéler un grand secret, elle a murmuré : Il fait pipi assis.

Nous avons éclaté de rire encore une fois. Nous riions du même rire bête et bruyant de l'enfance, que seules parvenaient à enrayer, et encore pas toujours, les menaces d'exclusion ou de zéro de conduite de nos professeurs.

— Et ne viens pas me raconter que c'est normal, comme de porter des chemises moches à faire peur ! Soyons un peu sérieuses : un homme ne peut pas prétendre avoir une maîtresse et faire pipi assis. C'est aussi simple que ça. La seule manifestation de la supériorité masculine sur le genre féminin, c'est de pouvoir pisser debout, à part ça, ils ne nous arrivent même pas à la cheville. Les seules choses qu'il leur reste c'est faire pipi debout et avoir mis les pieds sur la Lune, s'ils renoncent à ça, qu'est-ce qu'il va se passer ? Mais bien sûr, a-t-elle ajouté, l'air songeur, si je le quitte, qui va me faire des câlins ?

Elle est restée silencieuse quelques instants, considérant le problème, puis, d'un coup, elle s'est exclamée, en fixant mes mains :

— Il est vraiment joli, ton vernis à ongles ! Il me plaît beaucoup. Tu sais que je n'ai jamais retrouvé de mains aussi belles que les tiennes ? Ni chez une femme, ni chez un homme. Je les reconnaîtrais entre mille.

— Tu te souviens que lorsqu'on s'ennuyait en cours on se caressait les mains sous le bureau ? Un coup toi, un coup moi. Quand la professeure nous attrapait, elle se fâchait tout rouge.

— Oui, bien sûr que je me souviens, a-t-elle dit.

Nous nous sommes levées pour nous en aller.

— Dis-moi, je peux te demander quelque chose ? Si un jour tu écris un autre livre, est-ce que je pourrai être dedans ?

— Eh bien, je n'en ai pas la moindre idée, je ne sais pas si je vais écrire un autre livre.

— Si tu me mets dans ton livre, je veux y être avec mon nom. Tu es d'accord ?

— Très bien, ai-je dit. J'essaierai de le faire. Le patron du restaurant à côté de chez moi veut aussi que je le mette dans un de mes livres, et aussi le père de Marc. Je ne sais pas comment je vais pouvoir vous caser tous, mais je m'arrangerai. Je vous trouve tous bien bizarres, la plupart des gens demandent plutôt le contraire, à ne pas figurer dans les livres de leurs amis, de leurs maîtresses ou de leurs amants, de peur d'être mis en pièces.

Comme si un écrivain pouvait décider de ces choses-là ! ai-je pensé. Il n'y a rien ni personne qu'un auteur ne soit pas prêt à mettre dans un livre – et à mettre en pièces – si cela signifie réussir une bonne phrase ou un bon paragraphe.

Elle m'a embrassée.

— Merci beaucoup, ça me ferait vraiment plaisir. Et surtout, mets mon nom, d'accord ?

Je l'ai suivie des yeux pendant qu'elle s'éloignait en marchant dans la rue vide, et, brusquement, elle s'est retournée et s'est exclamée :

— Et encore autre chose : pourquoi tu portes ce jean informe qui te tombe aux genoux ? Tu ne pourrais pas porter quelque chose de plus seyant, non ?

11

Elle avait raison pour le jean, à peine arrivée à la maison, je l'ai enlevé et j'ai décidé de ne jamais plus le remettre. Sortir dans la rue mal habillée est une petite défaite insupportable, ai-je pensé. Est-ce qu'il ne serait pas possible de s'habiller d'une manière neutre, ni euphorique ni désespérée, de manière juste et correcte, ni humble ni ostentatoire, ni uniquement pratique ni ouvertement impudique ? Comme Albert Camus, comme les personnages des romans de Natalia Ginzburg, ou comme Natalia Ginzburg elle-même. L'intelligence habillait assez bien, mais pas suffisamment. Et qu'est-ce qui arrivait, ces derniers temps, à tous ces hommes qui arpentaient les rues avec leurs vestes trop cintrées, leurs chemises trop étroites et leurs pantalons trop courts ? Ils ne se rendent pas compte que personne ne peut prendre au sérieux un homme qui exhibe ses chevilles ? ai-je pensé. Les chevilles des hommes sont leur talon d'Achille. En plus, comme ça, l'histoire aurait eu beaucoup plus de sens. Parce que qui aurait l'idée d'attraper un bébé par le talon pour le plonger dans les eaux de l'immortalité ? La logique veut que ce soit la cheville.

Mais les chevilles des femmes peuvent être très belles, me suis-je dit en regardant les miennes sur le canapé. C'est le contraire des avant-bras, nos avant-bras n'ont aucun intérêt, par contre ceux des hommes peuvent même vous faire tomber amoureuse.

Bruno est un peu trop bien habillé pour être élégant, il lui arrive d'arborer des vêtements qui ont l'air vraiment chers. Il faut s'habiller le plus pauvrement possible sans cesser de paraître riche.

Bruno me manquait. J'aurais pu sauter dans un avion le lendemain matin et à midi me retrouver sur un bateau avec lui, sur la Méditerranée, plonger tête la première dans la mer, explorer des grottes sous-marines et bronzer au soleil tout en buvant de la bière et en jouant à découvrir des formes mythologiques et monstrueuses dans les rochers.

Je vivais au pied de la montagne, depuis ma fenêtre je voyais le Tibidabo, ses flancs et la tour de télécommunications. Je percevais les changements des saisons sur les arbres, non sur les éclats des vagues. Descendre au port, aller sur l'une de ses plages sablonneuses et découvrir cette mer terne et alanguie était une maigre consolation, qui ne faisait qu'attiser encore plus ardemment mon désir du paysage agreste et dramatique de Cadaqués, son horizon coupant et infini, différent de tous les autres horizons du monde. Je n'étais pas sûre que nous ayons tous un lieu dans le monde, mais je savais que tous nous avions un horizon. Et j'aurais pu aussi quitter la maison en cet instant précis et me trouver à Cadaqués en deux heures et demie. Je ne le faisais pas, pourquoi ?

J'étais freinée, cela faisait des mois que je marchais au ralenti, sans savoir ni comment ni pourquoi ; ma vie si confortable, si heureuse et si pleine de stimulations avait perdu sa vitesse, son allant et son entrain, et puis, en roue libre, avait fini par s'immobiliser juste devant le restaurant du père de Gema.

Les souvenirs de Sandra ne corroboraient pas les miens : elle ne savait pas si Gema était revenue au lycée, trop de temps avait passé et, de toute façon, ç'aurait été un souvenir sans valeur pour son esprit pratique et moqueur, elle l'aurait oublié au bout de deux minutes. Mes souvenirs eux-mêmes commençaient à se perdre dans le sable. Je ne me désaltérais plus à eux, je n'avais plus accès à la source originale, je n'étais pas capable de revenir au jaillissement de l'instant, mais au souvenir du jaillissement, parfois il me semblait que c'était quelqu'un d'autre qui les avait vécus et me les racontait.

Il m'arrivait avec mon passé le contraire de ce qui était arrivé à Proust avec ses fulgurantes expériences de la mémoire, qui le projetaient, au travers des années, directement, sensoriellement et presque physiquement dans le moment vécu. Proust était le seul à avoir réussi des voyages dans le temps, la science traînait bien loin derrière lui. J'avais la sensation que ma mémoire était une écharpe à moitié tricotée dont un brin de laine pendait et que, si je tirais dessus, tout allait disparaître et je resterais avec une indémêlable pelote de laine dans les mains.

J'avais de plus en plus de mal à revenir au souvenir de Gema dans la cour, la seule chose qui demeurait, solide et claire, indiscutable, était la torsion de son cou élancé, pâle, quand elle s'était tournée vers moi. Nous attendions d'aller en classe. C'était l'hiver. Elle était entourée de ses amies et moi des miennes. Peut-être que le vent soufflait et que l'air était gris. Dès que je l'avais vue, je m'étais écartée de mes camarades et m'étais dirigée vers son petit groupe, et c'est alors que Gema s'était retournée et m'avait regardée. À cet instant précis, tout le reste disparaissait, englouti par un tourbillon de poussière comme dans *Le Magicien d'Oz*. Il ne subsistait en moi que ce mouvement de rotation, sa nuque magnifique et son sourire las.

Le lendemain, Sandra m'a envoyé une photo de la classe. Nous étions assises au premier rang, sur le sol, l'une à côté de l'autre, avec les jambes croisées, à l'apogée de notre amitié, vers six ou sept ans. Sandra avait les mains sur ses genoux et portait une robe à petits carreaux vert pistache sur un léger pull-over à col roulé de couleur vive. Sa frange blonde et raide lui tombait juste au-dessus des yeux et recouvrait ses sourcils. Son regard était doux, assuré et inquisiteur, un peu moqueur peut-être, comme si elle ne faisait pas complètement confiance au talent du photographe. Moi, j'étais penchée de côté, le coude sur le genou et la joue contre le dos de la main. J'étais la seule à ne pas poser le corps droit. J'avais l'air résigné plus que content, je ne fixais pas l'objectif et je faisais une moue étrange, sans doute à cause du soleil. Je portais une jupe écossaise aux tons moutarde et beige, avec un col roulé en laine beige assorti aux chaussettes. L'un de mes genoux était découvert. L'institutrice était *Madame** [1] Chéri, la seule institutrice dont je me souvenais. Elle portait toujours des talons et arborait une opulente et ondoyante chevelure blonde. Par comparaison, ma mère, avec ses pulls aux cols montants, ses chaussures plates et ses ponchos, et ma grand-mère, avec ses robes faites sur mesure, ses pulls en cachemire et ses foulards de soie au cou, me paraissaient le summum de l'ennui et du manque d'imagination. Sur la photo, elle portait un manteau blanc. Elle ne souriait pas, elle se tenait avec le sérieux d'un pape et fronçait un peu les sourcils, probablement à cause du soleil, comme moi. Gema ne se trouvait pas sur la photo, elle n'apparaît nulle part, ai-je pensé. Peut-être était-elle malade ce jour-là, à cette époque il y avait toujours quelqu'un qui faisait une crise d'acétone ou qui avait mal à la gorge, et on adorait tous tomber malades et rester à la maison.

Et la scène opposée, qui avait eu lieu un an plus tôt : je suis à l'école maternelle Pedralbes, une garderie-résidence où la bourgeoisie la moins conformiste abandonne ses enfants en fin de semaine pour pouvoir aller faire la fête. Mon amie et moi sommes arrivées à grimper sur la banquette du piano, qui est toujours fermé, et nous faisons semblant d'en jouer en tambourinant avec nos doigts sur le couvercle en bois. Alors arrive une maîtresse,

1. Les mots en italique suivis d'un astérisque sont en français dans le texte. (*Note du traducteur.*)

accompagnée par un monsieur avec un appareil photo à l'épaule. Les parents de mon amie ont chargé le photographe de l'école de faire le portrait de leur fille. On le fera dans le jardin, où la lumière est meilleure et le décor plus joli. La maîtresse me dit que je dois rester jouer toute seule dans la salle, jusqu'à ce que mon amie et le monsieur aient fini. Mais moi aussi je veux qu'on me prenne en photo ! J'ai cinq ans et tout à coup, pour la première fois de ma vie, je suis envahie par une sensation de pouvoir absolu, indiscutable : je vais réussir à faire que le photographe me prenne en photo. Alors je m'approche des baies vitrées de la salle, je tire les rideaux et je vois le monsieur et mon amie juste derrière la vitre. Lui regarde à travers l'objectif et elle est assise sur un banc. Je tapote la vitre et je commence à faire des mignonneries (pas des clowneries, je n'ai pas encore suffisamment confiance en moi pour faire des clowneries, et puis je suis une petite fille fière d'être une petite fille, et je ne fais pas de clowneries) : je fais semblant de me cacher, je montre ma tête, je souris avec douceur ou l'air heureux, je prends une tête surprise, ensommeillée, curieuse, bref : je joue. Et le photographe oublie quelques instants son petit et obéissant modèle et me prend en photo.

Quelques jours plus tard, le photographe avait donné à ma mère la photo tirée sur papier.

— Regarde quelle jolie photo on a prise sans que tu t'en rendes compte, m'avait-elle dit en me la montrant.

Elle l'a incluse dans un album et, bien des années après, je lui ai raconté la véritable histoire de cette image, la découverte de cette sensation de pouvoir, ce vertige dont j'avais fait l'expérience pour la première fois et que provoque toute tentative sérieuse (et pour moi, toutes le sont) de séduction.

Chacun de nous est ceci et cela : la petite fille mal assise qui par son maintien et sa moue brise l'harmonie de la photographie de classe, et la petite fille qui désire qu'on la regarde et qu'on la prenne en photo.

12

Je sentais que peu à peu je m'éloignais de Bruno, avec la lenteur d'un vapeur quittant le port, dodu et paresseux, abandonnant derrière lui une trace écumeuse et scintillante. Sans nous en rendre compte, nous allions nous retrouver très loin l'un de l'autre, la mer étale, l'horizon clair et une nostalgie nouvelle au cœur.

— Pourquoi tu ne viens pas ? Allez, viens ! On ferait des trucs géniaux, a dit Bruno.

Il m'appelait une fois par jour et m'envoyait des tas de messages. Au téléphone, il me racontait ce qu'il faisait et, dans les messages, ce qu'il aimerait me faire. Les mots écrits permettaient une plus grande intimité et plus de jeu. À travers les textes des messages j'étais capable de lire l'esprit de celui qui les avait écrits. Nous ne savons pas qui est quelqu'un sans avoir eu une relation personnelle avec lui, mais non plus sans l'avoir jamais lu. Quand nous parlions, nous ne disions rien de comment nous nous sentions.

— Ça me plairait beaucoup. Tu me manques, mais je dois travailler, ai-je répondu. Je rame sur la traduction.

— La maison est magnifique et les amies de Virginia sont super.

C'est vrai, il est avec Virginia, ai-je pensé.

— Et comment ça va, avec Virginia ?

— Très bien ! C'est quelqu'un d'autre ici, elle est plus drôle, plus détendue, je ne parle même pas de boulot.

Elle est plus moche que moi, ai-je pensé. Bon, du moins c'est ce que je crois. Et le vapeur a gîté un peu à bâbord.

— Ah ! Tant mieux !

— Allez, viens, a-t-il insisté.

— C'est d'accord, je vais y penser.

On ne devrait parler qu'avec les gens que nous aimerions embrasser, me suis-je dit le lendemain en écoutant les baisers sonores que m'envoyait Marc par téléphone – comme s'il avait de nouveau cinq ans au lieu de dix-sept.

J'écrivais à Marc et Óscar chaque jour et je les appelais tous les deux ou trois jours. C'étaient souvent des conversations très brèves : « Comment ça va ? — Bien. — Il fait beau temps ? — Oui. — Tu manges bien ? — Oui. — Comment va papa ? — Bien. — La mer est froide ? — Non. — Bon, très bien alors. Fais de beaux rêves. Je t'aime. — Oui. » Mais c'était suffisant. Je leur disais souvent que je les aimais, je désirais qu'ils aient tout un stock de « je t'aime » pour le futur, au cas où, dans de nombreuses années, l'idée absurde leur traverserait l'esprit qu'ils n'étaient pas aimés.

Je m'étais aperçue que l'amour de mes parents, que, pendant un certain temps après leur mort, j'avais cru disparu, s'était reproduit, avec plus d'intensité, si c'était possible, pour mes enfants. Voilà l'unique héritage possible : cet amour, comme une pierre brûlante que nous nous transmettions les uns aux autres. Je n'étais pas orpheline parce que j'avais des enfants et parce que, soyons sérieux, personne n'est orphelin après trente ans.

Je traduisais sans guère d'enthousiasme. Cette fois-ci, le livre que m'avait confié Paco, mon ami éditeur, était de l'ennui en barre. Peut-être l'avait-il fait exprès pour se venger de ma lenteur et de mon manque de sérieux, ai-je pensé. Pourtant, j'aimais traduire, c'était agréable de s'immerger dans les paroles d'un autre, d'essayer de transmettre ce qu'une personne plus intelligente et plus sage avait voulu dire. Je prenais toujours un soin extrême des mots de l'autre, je les observais à la loupe, je les étendais au soleil, je les examinais sous tous les angles possibles, comme s'il s'agissait de petits artefacts archéologiques, et je ne cessais de les tourner et retourner jusqu'à ce que, enfin, ils dévoilent leur véritable intention. Je n'étais pas rapide, mais j'étais minutieuse. Le résultat ne me satisfaisait jamais complètement. En tant que lectrice, j'avais balancé à la poubelle plus de livres mal traduits que mal écrits ! Et quand il m'arrivait de rencontrer les auteurs de certains livres que j'avais traduits, j'avais l'impression de saluer des amis de très longue date. Eux, bien sûr, ils n'avaient pas cette impression et devaient penser que la femme qui ne les quittait pas des yeux, souriant d'un air niais et acquiesçant sans cesse, était une cinglée.

J'étais sur le point de me mettre au travail quand Marta m'a appelée :

— J'ai trouvé quelques nécrologies de Gema dans le journal, ou plutôt des faire-part, ou je ne sais pas comment ça s'appelle, a-t-elle dit après m'avoir saluée. Nous ne nous étions pas parlé depuis le jour du repas chez moi.

— Oui, des faire-part de décès, des avis de décès. C'est vrai ? C'est bien !

— Rien qu'en mettant son nom dans la fenêtre « recherche » du journal, j'ai eu cinq nécrologies, avec des années aléatoires, 91, 92, 94, 99 et 2005. Mais si tu entres dans les archives, c'est sûr que tu vas en trouver plus, ils ont scanné tous les numéros du quotidien depuis 1881.

— Merci, vraiment. Je vais y jeter un coup d'œil, ai-je dit.

— Au fait, tu as des nouvelles de Beatriz ?

— De Beatriz ? Non, cette semaine je ne lui ai pas parlé. Pourquoi ? Il lui est arrivé quelque chose ?

— La vérité c'est que je crois qu'elle ne va pas bien, a répondu Marta. Chez toi, je lui ai trouvé un air un peu triste et déprimé. Tu ne t'en es pas rendu compte ? Je lui ai passé un coup de fil quelques jours après et elle était toujours dans le même état, je crois que c'est à cause de la maladie de sa mère.

— Tu crois ? Ça fait dix ans que sa mère est malade, je ne savais pas que ça avait empiré, en tout cas, à moi, elle ne m'a rien dit. Ça n'a pas d'importance, je vais l'appeler, bien sûr.

— Oui, oui, appelle-la, ça lui fera plaisir, après toutes ces choses terribles que tu lui as dites l'autre jour à propos de ses dents.

Nous nous sommes mises à rire.

— Ah ! Tais-toi, tais-toi. Ne me fais pas penser à des trucs horrifiques. Je l'appellerai, ne t'inquiète pas.

J'ai passé la matinée à travailler, et à midi, tout en mangeant un sandwich devant l'ordinateur, je suis allée sur le site du journal. Marta avait raison, il n'y avait pas seulement cinq avis de décès, il y en avait beaucoup plus. Je les ai notés au fur et à mesure :

13/02/1989. Premier anniversaire
Tu t'en es allée à la maison du Père le 13 février 1988. Ce jour-là ta vie terrestre s'est éteinte mais une espérance s'est allumée dans notre cœur. Des êtres comme toi ne meurent pas : ils se transforment en étoile et en espérance. C'est cette survivance que nous cultiverons au cours de la messe qui aura lieu à la paroisse militaire.

13/02/1990. Deuxième anniversaire
Ton souvenir demeure dans nos cœurs, nous célébrerons à ta mémoire une messe qui aura lieu à la paroisse militaire.

13/02/1991. Troisième anniversaire
Ton souvenir demeure dans nos cœurs. Nous réciterons des prières à ta mémoire.

13/02/1992. Quatrième anniversaire
Aujourd'hui et tous les jours, tu es avec nous, nous voulons que tu continues à vivre parmi nous. À ta mémoire, nous réciterons une prière.

13/02/1993. Cinquième anniversaire
Le temps adoucit notre peine et raffermit notre souvenir de toi. À ta mémoire nous réciterons une prière.

13/02/1994. Sixième anniversaire
Tu demeures dans le souvenir de tous ceux qui t'ont connue.

13/02/1995. Septième anniversaire
Ton souvenir demeure latent dans notre cœur et chez ceux qui t'ont connue.

13/02/1996. Huitième anniversaire
Tu as été le meilleur de nos vies et c'est ainsi que nous nous souvenons de toi. Tes parents, ta famille et tes amis.

13/02/1997. Neuvième anniversaire
Les années passent mais ton souvenir demeure avec force dans tous les cœurs qui t'ont connue.

13/02/1998. Dixième anniversaire
Ton souvenir est la force de notre vie.

13/02/1999. Onzième anniversaire
Ton souvenir surpasse nos difficultés.

13/02/2000. Douzième anniversaire
Ta bonté et ton amour envers les autres sont la raison de notre existence.

13/02/2001. Treizième anniversaire
Malgré les années, tu demeures en nous tous avec la même force que la première année.

13/02/2002. Quatorzième anniversaire
Les années passent mais tu seras toujours dans notre cœur et dans celui de ceux qui t'ont connue.

13/02/2003. Quinzième anniversaire
Dieu t'a rappelée à Lui et toi, obéissante, tu t'en es allée, nous laissant dans le plus grand des vides. Malgré cela, nous ne t'oublierons jamais.

13/02/2004. Seizième anniversaire
Tu es enterée [il y a une erreur dans le texte imprimé] avec tant de force dans nos cœurs que ton souvenir demeure latent chez tous ceux qui t'ont connue.

13/02/2005. Dix-septième anniversaire
Ton souvenir surpasse toutes nos difficultés.

13/02/2006. Dix-huitième anniversaire
Ton souvenir surpasse toutes nos difficultés.

13/02/2007. Dix-neuvième anniversaire
Nous savons que là où tu te trouves tu nous aides en tout et nous te remercions pour cela et pour toutes les satisfactions que tu nous as données durant ta vie.

13/02/2008. Vingtième anniversaire
Ta bonté et ton amour envers les autres sont la raison de notre existence.

13/02/2009. Vingt et unième anniversaire
Les années passent, mais ton souvenir demeure avec force dans tous les cœurs qui t'ont connue.

13/02/2010. Vingt-deuxième anniversaire
Le temps adoucit notre peine et raffermit notre souvenir de toi. À ta mémoire, nous réciterons une prière.

13/02/2011. Vingt-troisième anniversaire
Le temps adoucit notre peine et raffermit notre souvenir de toi. À ta mémoire, nous réciterons une prière.

13/02/2012. Vingt-quatrième anniversaire
Gema, malgré les années, tu demeures dans le cœur de tous ceux qui t'ont connue par ta bonté et ton affection envers le prochain. Nous, tes amis et ta famille, te demandons de rester parmi nous tous.

C'était là que se trouvait Gema. Elle n'était pas morte au printemps mais en hiver – et le ciel s'est obscurci, un tourbillon s'est formé et par lui sont descendus un pull bleu pâle pour Gema et un cache-nez rayé pour moi. Ses parents avaient fait publier des faire-part pendant vingt-quatre ans. Elle n'avait pas été oubliée, pas si vite. Elle avait laissé à ses parents, de toute évidence, tout un stock de « je t'aime ». Le dernier faire-part datait de 2012. Étaient-ils morts ?

Ils s'étaient peut-être transformés eux-mêmes en faire-part, ou s'étaient fatigués – ils avaient dû vivre toujours épuisés après cette mort –, ils avaient oublié, étaient tombés malades, peut-être une brume diabolique ou compatissante avait-elle atténué le souvenir de leur fille, peut-être la proximité de leur propre mort les effrayait-elle et avaient-ils pensé que, de toute façon, ils la verraient bientôt. Ils avaient fait publier vingt-quatre faire-part, mais j'aurais préféré que cela continue : 2013, 2014, 2015… Tout devrait durer toujours, ai-je pensé, comme des lignes droites interminables qui se poursuivraient indéfiniment, notre enfance, notre jeunesse et notre âge mûr, et nous devrions pouvoir passer de l'une à l'autre, comme on change de voie sur l'autoroute, sautant à cloche-pied le long de notre vie comme dans les cases de la marelle.

J'ai pensé aux parents de Gema, ouvrant les yeux et se retrouvant chaque matin devant cette mort, usée et chaque fois plus poussiéreuse et assourdie pour tout le monde, sauf pour eux. Eux, ils redécouvraient chaque jour cette mort nouvelle, rutilante, à peine survenue.

Un jour, ma mère m'avait raconté l'histoire de l'une de ses amies dont le fils était mort à vingt ans dans des circonstances très dramatiques (mais lesquelles ne le sont pas ?). Elle avait survécu de nombreuses années, mais chaque fois qu'elle devait écrire une lettre ou inscrire une date sur un formulaire ou un document, elle mettait, sans s'en rendre compte, sans même y penser, la date de la mort du garçon, comme si pas une seule journée ne s'était écoulée depuis lors, comme si tout s'était arrêté pour toujours à ce moment-là.

13

J'ai garé la voiture au bas de l'avenue que j'avais parcourue tous les matins, depuis l'arrêt du bus jusqu'au lycée, puis en sens contraire tous les après-midi. On m'avait donné rendez-vous à onze heures.

J'avais écrit au Lycée français pour demander à rencontrer certaines personnes de l'établissement. J'avais pensé que l'une ou l'autre des professeures âgées se souviendrait peut-être de Gema et de ses parents, et j'étais curieuse de revoir la cour. Ce sera très émouvant de faire quelques pas de nouveau dans ce lieu de mon enfance et de mon adolescence, m'étais-je dit. Il y a des choses que nous faisons uniquement pour nous les voir faire, ou pour que d'autres nous les voient faire.

À cause des attentats islamistes, la clôture grillagée qui entourait le lycée avait été remplacée par une haute palissade en bois clair qui lui donnait un air de château fortifié.

Pour entrer, j'ai dû passer par un poste de contrôle où l'on m'a demandé ma carte d'identité et remis un badge plastifié de « visiteur » que j'ai rangé dans mon sac à main. Tout avait tellement changé ! À mon époque, nous entrions et sortions de l'établissement comme ça nous chantait, il n'existait aucune mesure de sécurité incontournable si on avait des parents permissifs ou si on savait falsifier leur signature. Dans le hall d'entrée, j'ai croisé deux hommes qui, en souriant, m'ont dit bonjour en français. Il y avait des ouvriers qui travaillaient sur une installation en porte-à-faux, ils ont levé la tête en entendant mes pas puis immédiatement se sont remis à leur tâche. Il ne semblait y avoir personne d'autre dans l'établissement. Un peu plus tard, la secrétaire du *proviseur** m'a raconté qu'on allait transformer le porte-à-faux en un espace de détente. La cour était déserte.

C'était la première fois que je mettais les pieds dans le bureau du proviseur. J'avais été assez rebelle, adolescente, mais je n'aimais pas manquer de respect. On ne m'avait jamais punie, on ne m'avait jamais envoyée chez le directeur. Un jour, une amie m'avait avoué qu'une professeure lui avait conseillé de ne pas me fréquenter parce que j'avais une mauvaise influence. Ça m'avait rendue très heureuse, on rêvait toutes d'avoir une mauvaise influence ! C'était le meilleur compliment possible ! Mais ça n'avait absolument pas de rapport avec la réalité.

C'était un bureau assez spacieux, décoré de manière impersonnelle, en tons gris et marron. Il devait certainement être pareil quand je faisais mes études, ai-je pensé. Les grandes fenêtres coulissantes donnaient sur la cour, je ne l'avais jamais vue depuis cet angle, avec cette vision d'ensemble, de là les enfants devaient ressembler à des fourmis. *Monsieur** González était un homme affable, d'âge moyen, il portait un costume gris, à sa taille, mais pas excessivement repassé, sa veste avait une épaulette plus basse que l'autre, ce qui lui donnait un air abordable et sympathique, un peu hésitant, comme s'il avait une jambe de bois, rien à voir avec les redoutables proviseurs de mon temps. Il avait l'air sérieux mais souple, il inspirait confiance, il aurait pu être le boulanger généreux et bienveillant d'un conte de fées. Il aimait sûrement la bonne chère et rire à une plaisanterie bien sentie, ai-je pensé. Il n'a pas montré la moindre envie de sympathiser avec moi, il voulait seulement m'aider.

— Ce n'est pas facile, beaucoup d'eau a coulé sous les ponts, a-t-il dit après que je lui ai expliqué que je cherchais quelqu'un qui se souviendrait de Gema. Voyons ce que nous pouvons faire. Je reviens tout de suite, a-t-il lancé en quittant le bureau.

J'ai tourné mon regard en direction de la cour, il m'a semblé, très faible et lointaine, entendre une petite voix, mais je n'ai rien compris de ce qu'elle me disait. Est-ce que toutes les cours d'école sont aussi moches, ou celle-ci l'est-elle spécialement ? me suis-je demandé. Au bout de quelques minutes, *Monsieur** González est revenu, accompagné de sa secrétaire et de la personne chargée des relations extérieures du lycée. Je l'ai reconnue immédiatement. C'était Isabel Margarit, celle que Gema avait mariée dans la cour plus de trente ans auparavant !

Sur la photographie que m'avait envoyée Sandra, Isabel était souriante et édentée, avec un pull rouge à col roulé, ses cheveux coupés façon page, courts et très blonds, presque albinos, et un visage ouvert et sympathique, très joli, mais sans le mystère ni la cruauté décomplexée de Sandra. Elle n'avait pas changé, elle respirait la bonne santé, elle avait conservé l'air terre à terre et un peu calviniste de son enfance. Ouf ! me suis-je dit. Heureusement ! Je ne me suis pas fichu la trouille cette fois-ci. Elle aussi m'a reconnue.

— Bien, j'imagine que vous avez beaucoup de choses à vous raconter, a dit M. González en souriant. Et moi, j'ai beaucoup de travail. Madame Margarit, seriez-vous assez aimable d'accompagner votre ancienne camarade de classe pour un tour du lycée ? Je suis certain que cela lui ferait plaisir.

J'ai acquiescé, tout heureuse. Quelle amabilité, quelle élégance ! Ma première rencontre avec la plus haute autorité du lycée ne pouvait pas être plus satisfaisante. Il faut que je le raconte à Marta et à Beatriz, ai-je pensé, elles vont crever de jalousie, Beatriz surtout, ses enfants sont scolarisés ici et elle m'a dit qu'elle ne connaissait même pas le proviseur.

— Allons-y, a dit Isabel, nous allons passer d'abord par le bureau du département d'espagnol, *Madame** Mas surveillait la cour à notre époque. Peut-être qu'elle se souvient de Gema.

Madame Mas était en pleine discussion téléphonique, à grands cris, avec un parent qui n'était pas d'accord avec les notes de son fils. En nous voyant, elle a fait de grands gestes pour nous signifier d'attendre et a levé les yeux au ciel. J'ai vu sur le tableau en liège, dans son dos, plusieurs photos d'elle déguisée en Don Quichotte en pleine fête. La conversation finie, elle s'est jetée dans mes bras :

— J'adorais ta mère. J'ai lu tous ses livres.

— C'est vrai ? Ça me fait plaisir. Merci beaucoup, ai-je répondu en essayant de cacher la satisfaction, la gratitude et la nostalgie, toutes immenses, que je ressentais toujours quand quelqu'un avait gardé la mémoire de l'un de mes morts aimés.

— Comme c'est bizarre ! a-t-elle murmuré après que nous avons exposé le motif de notre visite. Je ne me souviens d'aucune Gema qui soit morte de leucémie. Vous êtes sûres ?

Puis, devant nos visages stupéfaits et incrédules, elle a ajouté :

— Attention, je ne dis pas que ce ne soit pas arrivé, d'accord ? Mais il y avait tellement d'enfants ! Tous les étés, il y en avait deux ou trois qui se tuaient à moto, ils s'en allaient et ne revenaient jamais plus. Vous, vous aviez seulement huit ou neuf enseignants et trente camarades de classe, mais moi j'ai eu des centaines d'élèves, je ne peux pas me souvenir de tous.

— Oui, bien sûr, énormément de personnes. C'est normal que vous ne vous souveniez pas, ai-je dit.

— Bon, les filles, qu'est-ce que vous vouliez savoir d'autre ? Qu'est-ce que vous me racontez ?

Le téléphone s'est alors remis à sonner.

— Elle est un peu bavarde, s'est excusée Isabel en sortant du bureau. Ça te dirait de faire un tour sur le terrain de sport ? m'a-t-elle demandé en descendant les escaliers.

— En réalité, ce que j'aimerais c'est sortir et fumer, j'imagine que c'est interdit, pas vrai, ai-je dit.

— À l'intérieur de l'établissement, oui, bien sûr, mais nous pouvons aller dehors.

— Comment tu as fini par travailler au lycée ?

— Tant d'années passées à vouloir quitter le lycée pour finir par y travailler, quelle ironie, non ? a-t-elle dit en souriant. Eh bien, je vais te dire, en fait, je suis vétérinaire, mais il y a une dizaine d'années je suis partie vivre en Suisse avec mon mari et mes quatre enfants. Là-bas j'exerçais comme vétérinaire pour animaux de ferme, c'est ce qui m'intéresse, des vaches, des veaux, ce genre de bestiaux. Mais Alberto a eu une bonne opportunité de travail à Barcelone et nous sommes revenus. Une fois de retour, je me suis rendu compte que je n'avais pas trop envie de passer la journée à déparasiter les caniches à mamie dans un cabinet en ville. Et, comme je n'avais pas perdu le contact avec le lycée, un jour j'ai appris qu'on avait besoin de quelqu'un pour se charger des relations extérieures et institutionnelles.

Je me suis appuyée contre la palissade qui remplaçait le grillage d'autrefois et j'ai sorti de mon sac à main le paquet de cigarettes. J'en ai proposé une à Isabel, persuadée qu'elle allait refuser.

— Allez, oui ! Pour Gema ! a-t-elle dit. Tu sais que la dernière fois que je l'ai vue, on était ici même ? Elle fumait, c'était avant les vacances de Noël. On a bavardé un moment, et, il faut le dire, elle avait l'air vraiment mal en point, elle avait perdu beaucoup de poids, c'était évident qu'elle avait quelque chose. « Les médecins m'ont dit que c'était possible que j'aie une appendicite », elle m'avait dit, « peut-être qu'on devra m'opérer. » Elle n'avait pas l'air du tout inquiète. Deux mois plus tard, elle était morte.

Isabel a tiré sur sa cigarette :

— Je crois que j'étais au ski le jour où elle est morte.

— Et tu ne l'as plus revue après votre conversation ? Tu sais si elle est revenue au lycée, un jour, après qu'on lui a diagnostiqué la maladie ?

— Non, non, je ne le sais pas. Elle a baissé les yeux et a soupiré. Sa mort, ç'a été très dur pour moi. Je l'aimais beaucoup. Nous étions très amies.

— Et tu n'es pas allée lui rendre visite à l'hôpital ?

— Non.

De l'autre côté de la rue, les marches de pierre, flanquées de deux énormes bacs à fleurs couverts de géraniums, qui menaient au club de tennis n'avaient pas changé. Deux jeunes filles en short, balançant leurs raquettes, les descendaient. La journée était magnifique.

— Et les parents, qu'est-ce qu'ils sont devenus ? Tu le sais ?

— Oui, oui, je continue à leur rendre visite une ou deux fois par an, en partie à cause d'un sentiment de culpabilité, je suppose. La mère est morte l'an dernier. Luis va bien, il est très âgé, il va avoir quatre-vingt-six ans. Il a la santé fragile, mais il me reconnaît encore et je crois qu'il est content de me voir. Nous ne parlons pas de Gema, en réalité, il n'est plus en état de beaucoup parler, mais je m'assois à côté de lui, je lui prends la main et il sourit. Deux infirmières se relaient pour s'occuper de lui, et je crois qu'il a un neveu qui vit à l'étranger qui vient le voir de temps en temps. Tu veux que je te fasse signe la prochaine fois que j'irai ?

— Oui, bien sûr. Ça me ferait plaisir ! ai-je répondu.

En réalité, ça ferait plaisir à la personne qu'il me plairait d'être, ai-je pensé. Nous n'avons guère de marge de manœuvre, nous sommes qui nous sommes, deux ou trois qualités (ou défauts, dans certains cas) nous définissent : généreux, lâche, tolérant, gentil. Et ces deux ou trois caractéristiques finissent toujours par faire surface, quoi que nous fassions pour l'éviter. Je ne voulais pas aller rendre visite chez lui à un monsieur inconnu et malade ! Isabel m'a alors montré une photo du père de Gema, prise la dernière fois qu'elle était allée le voir.

— Regarde comme il a l'air d'aller bien, a-t-elle dit.

Sur l'image, un vieil homme enveloppé d'un plaid écossais, avec une tête très ronde et des yeux de petit oiseau, fixait l'infini avec un sourire béat.

— Il est adorable, ai-je dit, mais si justement ce jour-là j'ai un engagement impossible à reporter et que je ne peux pas venir, tu pourras lui dire que moi aussi je me souviens de Gema, et l'embrasser de ma part ?

J'étais sur le point de monter dans ma voiture quand je me suis avisée que j'avais oublié de poser une question très importante au proviseur. J'ai couru jusqu'au lycée et grimpé les marches quatre à quatre.

— Monsieur le proviseur ! ai-je dit en entrant précipitamment dans son bureau. J'ai oublié de vous poser une question. Je me souviens que, quelques mois après la mort de Gema, une professeure m'a raconté que, certains jours, ses parents, une fois que les élèves étaient déjà partis, se rendaient dans sa salle de cours et restaient assis à son pupitre pendant des heures, jusqu'à ce que la nuit tombe. Je sais bien qu'à cette époque vous ne travailliez pas ici, mais croyez-vous que cela ait pu arriver ? Les règles du lycée sont assez strictes. Mes amies ne se souviennent de rien, mais elles affirment qu'il est impossible que l'établissement l'ait permis.

Le proviseur a retiré ses lunettes, les a nettoyées avec un petit chiffon bleu ciel posé sur un des coins du bureau, puis est resté pensif quelques instants.

— Madame, je ne peux pas vous dire ce qui est arrivé parce que je n'en sais rien. Mais moi, je l'aurais autorisé. Oui, tout à fait.

Ses deux mains reposaient à plat sur le bureau, c'étaient vraiment des mains de boulanger bienveillant.

Avant de quitter le lycée, j'ai lancé un dernier regard vers la cour.

Il n'y avait rien à voir, ce n'était qu'une cour d'école silencieuse et vide. Ce n'était pas qu'il n'y avait pas de traces de moi et de mes amies, il n'y en avait pas non plus des enfants qui couraient dans tous les sens avant les vacances, ni même de ceux qui l'avaient traversée il y a une demi-heure. La vieille cour entrouvrait ses portes avec calme et indifférence, sans aucune ferveur, il n'y aurait aucune fanfare de bienvenue pour moi, aucune illumination, aucune épiphanie. Elle disait : tu as vécu ici, ici est arrivée telle chose, et telle autre, et encore telle autre chose ; ensuite, moi, j'ai continué à vivre ma vie de cour d'école, avec encore d'autres enfants, d'autres histoires, les unes après les autres, dévalant vers l'oubli.

14

J'ai observé mon bureau avec irritation. C'est plein de petites merdes, ai-je pensé, pas étonnant que j'aie autant de mal à me mettre au boulot. Ma table s'était peu à peu recouverte de souvenirs de mes années d'école. J'avais acheté un exemplaire de mon premier manuel de lecture de français, *Daniel et Valérie*, quand j'ai découvert qu'il s'éditait toujours exactement avec le même format et le même contenu que dans mon enfance. Bien sûr, il ne devait pas y avoir mille façons d'apprendre à lire, c'était comme apprendre à nager ou à faire du vélo ; en revanche, apprendre à danser, à écrire ou à baiser était toujours plus difficile, parce que là tout était une affaire de rythme. J'ai imprimé la photographie que Sandra m'avait envoyée. Je la scrutais, attendant que d'un moment à l'autre Gema apparaisse, comme par magie, cachée derrière une autre fille, ou tapie dans un recoin de l'image qui aurait échappé à mon regard. Un jour, je me suis aperçue que Raquel se trouvait sur la troisième rangée, une fille moustachue et méchante qui m'appelait « tête de passoire » à cause de mes taches de rousseur. Sur la photographie, pour essayer de camoufler sa méchanceté, sa mère lui avait fait mettre sur ses cheveux noir corbeau une barrette rose. J'avais aussi réussi à avoir les originaux des journaux avec les avis de décès de Gema, je les avais découpés pour les coller dans un cahier de souvenirs de Gema que j'avais commencé. Mais, pour le moment, les faire-part couraient sur ma table de travail, comme de petits timbres sinistres, au milieu des parfums, des livres, des rouges à lèvres, des cartes postales, des tasses de thé, des vernis à ongles, des bougies et des agendas : tout l'attirail puéril, féminin, inutile et réconfortant dont certaines d'entre nous (et certains hommes) nous entourons.

Bien, me suis-je dit, en me passant du rouge à lèvres avec l'un des huit tubes que j'avais jetés en vrac sur la table, je mettrai de l'ordre plus tard, maintenant je n'ai pas le temps.

La maison d'édition se trouvait près de chez moi, dans un immeuble d'habitation. Quand je suis entrée, la réceptionniste m'a saluée en souriant et s'est levée pour aller m'annoncer à Paco. Je crois qu'il t'attend, a-t-elle dit. Nous avions l'habitude de nous voir une fois par mois, dans les locaux de la maison d'édition ou dans un restaurant, pour faire le point et échanger des ragots. Cette fois-ci, c'était moi qui l'avais appelé pour l'avertir que je ne pourrais pas rendre la traduction dans les délais. Je ne faisais rien. Gema et Bruno occupaient la plupart de mes pensées. Le silence de l'une, la frénésie de l'autre m'empêchaient de me concentrer, me maintenaient dans un état d'agitation et d'inquiétude permanent. Et quand les enfants allaient revenir, je disposerais de moins de temps encore, je ne pouvais pas les garder enfermés à la maison !

Les bureaux étaient dans un ordre remarquable pour une maison d'édition, il n'y avait pas trop de livres visibles, les nouveautés se dressaient en colonnes hautes comme des gratte-ciel sur des tables basses. En passant, Paco s'est saisi de deux exemplaires :

— Tiens, on vient de les publier, a-t-il dit, ils te plairont. Allez, viens.

Je l'ai suivi jusqu'à son bureau, une pièce vaste et lumineuse qui donnait sur une petite terrasse ouverte sur un jardin sauvage et très négligé, un enchevêtrement poussiéreux de plantes grimpantes, de fougères et d'arbres à demi tombés.

— Oui, il est un peu laissé à l'abandon, a dit Paco, en s'affalant dans un fauteuil. Comme c'est une propriété commune, aucun des résidents ne veut s'en occuper. Un jardinier du bâtiment d'à côté vient une fois par an avec une machette, il débroussaille un peu, met de la mort-aux-rats et s'en va. Au bout de deux mois, le jardin est dans le même état qu'avant. Bref, comme tout dans cette vie.

— Moi, je lui trouve beaucoup de charme, ai-je dit.

— Tu veux boire quelque chose ? Si ça ne te dérange pas, je vais me servir un verre de vin blanc, on est vendredi et pour aujourd'hui j'ai fini de travailler. Je vais aussi ouvrir une boîte d'olives.

Il a posé ses deux mains sur les accoudoirs du fauteuil pour se redresser et s'est dirigé vers un petit réfrigérateur noir et luisant comme un coffre-fort qui se trouvait dans un coin de la pièce.

— Je suis un peu fatigué, a-t-il dit.

C'est la première fois que je l'entends dire qu'il est fatigué, ai-je pensé. La plupart des gens ou bien sont toujours fatigués ou bien ne le sont jamais. Moi, je suis toujours fatiguée, au cas où. Bien qu'il ne soit pas encore midi et que je n'aie rien dans l'estomac, j'ai décidé de boire un verre avec lui. Il y avait un hamac accroché dans la galerie.

— Tu lis les manuscrits en te balançant dans le hamac ? ai-je demandé. Ce n'est pas inconfortable ?

— Bon, parfois… Il a hésité quelques instants. En réalité c'est pour faire la sieste, je passe pas mal de temps ici, maintenant ; on vient de se séparer, ma femme et moi.

— Sérieusement ? Depuis quand ? Comment ça se fait que tu ne m'en aies rien dit ?

— Bon, a-t-il répondu, ça fait longtemps qu'on ne s'est pas vus, tu es une femme fort occupée.

J'ai ri.

— Tu sais que ce n'est pas vrai.

— Et tu ne réponds pas au téléphone, plutôt crever.

Mais bien sûr ! ai-je pensé. Cela expliquait tout : sa fatigue, son aspect un peu négligé – sa chemise était mal boutonnée, et ça faisait au moins quatre jours qu'il ne s'était pas rasé – et son attitude d'abattement généralisé.

Je connaissais à peine sa femme, mais elle et moi nous étions trouvées ensemble dans certaines réceptions données par la maison d'édition et elle s'était toujours montrée très chaleureuse avec moi.

— Ah, je suis désolée pour toi, ai-je dit.

— Non, non, ne t'inquiète pas. Les enfants vont bien, c'est ça le plus important. Ça s'est passé d'un commun accord, plus ou moins. Et il a ajouté : Même si moi, bien sûr, j'aurais préféré qu'on ne se sépare pas.

Il a avalé d'un trait le verre de vin, s'est resservi, m'a regardée en souriant et a soupiré. Comme c'était étrange d'entendre soupirer cet homme si résolu ! Il m'arrivait d'entendre soupirer mon fils aîné dans sa chambre, avant d'entamer un morceau de piano, un soupir inconscient, long et calme. Et me revenait en mémoire ma mère récitant chaque fois qu'elle m'entendait souffler, ce qui m'arrivait assez souvent, le poème de Rubén Dario : « La princesse est triste… qu'aura la princesse ? Des soupirs s'échappent de ses lèvres de fraise. »

— Et toi, comment vas-tu ? m'a-t-il demandé. Comme ça, tu as pris un peu de retard avec notre traduction, pas vrai ?

— Oui, oui, je vais essayer de la finir pour début octobre, qu'est-ce que tu en penses ?

— C'est ce que je pensais…, a-t-il répondu. Ne t'inquiète pas. Je peux te poser une question ?

— Oui, bien sûr.

À cet instant-là, sa secrétaire a entrouvert la porte, a glissé sa tête dans l'entrebâillement pour lui dire qu'elle sortait déjeuner.

« Je peux te poser une question ? » À franchement parler, cette question m'inspirait assez de méfiance. Il me semblait que, sous son air de considération et de délicatesse, se tapissaient toujours une indiscrétion et un début de chantage affectif et de bras de fer. Les inconnus chiants vous demandent toujours s'ils peuvent vous demander quelque chose, les amoureux chiants vous demandent toujours s'ils peuvent vous demander à quoi vous pensez. Ils s'approchent furtivement, en traître, par derrière le canapé et, quand il est trop tard pour faire semblant de dormir, ils vous regardent d'un air extatique et vous murmurent : « À quoi tu penses ? » Oh ! Qu'est-ce que c'était pénible ! C'était l'équivalent du « je m'ennuie » des jeunes enfants.

Mais le pauvre Paco venait de se séparer de sa femme, qu'est-ce que j'allais lui répondre ? Je peux te poser une question ? Mais oui bien sûr !

— Dis-moi, pourquoi tu n'es pas en vacances avec cet amoureux si glamour et fantastique que tu as ? Et, sans me donner le temps de répondre, il a ajouté : Tu sais que la première fois que je t'ai vue, je suis tombé un peu amoureux de toi ? Je me rappelle même le chemisier que tu portais, en soie couleur moutarde, un peu transparent, avec des petits dessins bleus. J'avais pensé : « Cette femme... »

Je ne me souvenais pas. Si quelqu'un m'avait questionnée sur les circonstances de ma rencontre avec Paco cinq minutes auparavant, j'aurais été bien incapable de répondre. Cependant, au moment même où mon ami avait commencé à me raconter la scène, celle-ci avait surgi devant moi avec une netteté absolue, comme si son souvenir avait ramené le mien à la surface depuis le fond de la mer. Je me suis souvenue du restaurant, il était à côté de la maison d'édition où je travaillais à cette époque, il avait une arrière-cour avec un arbre en pleine floraison, des fleurs d'un rose très pâle, presque blanches. Je me suis souvenue aussi du chemisier, bien sûr. Je l'avais acheté à Paris. C'est vrai qu'il m'avait semblé que Paco avait observé mon chemisier avec une attention très soutenue. Ce vêtement avait été mon favori des années durant, je le portais aussi le jour où je m'étais retrouvée à l'entrée du théâtre face à Víctor, le père du plus jeune de mes enfants, après un trajet en taxi jusqu'à Montjuïc qui m'avait paru à la fois ne pas avoir de fin et durer un clignement d'yeux, comme toutes les choses importantes. Je me suis demandé si lui s'en souviendrait.

— Ça ne veut rien dire, ai-je répondu. On tombe amoureux de toutes les personnes que l'on croise, même si ce n'est qu'une nanoseconde. Ensuite, ça passe et nous oublions, mais pendant un instant nous sommes tous tombés amoureux de tous. C'est normal.

— Tu crois ? a-t-il répondu, l'air pensif.

Il portait des tennis très usées, il a remonté ses chaussettes – blanches, avec une raie bleue et une raie rouge sur la partie supérieure, comme celles que nous mettions pour faire du sport quand nous étions enfants – et s'est assuré qu'elles étaient bien tirées, puis il a fait et défait ses lacets plusieurs fois.

— La vérité c'est que je ne suis pas partie en vacances avec Bruno parce que je n'en avais pas envie, ai-je dit, même si je lui ai dit que je restais pour travailler. Et j'ai ajouté : Je suis au milieu d'une sorte d'enquête.

Il s'est mis à rire.

— Ha ha ! Une enquête. Tu fais allusion à quelqu'un que tu as déjà sur ta liste d'attente ?

— Non, ai-je répondu. Je n'ai jamais personne en liste d'attente, je n'ai même pas de liste d'attente, je ne suis pas aussi banale que ça. Et en plus je ne suis pas un homme, ai-je ajouté.

— Je sais bien, je sais bien. Ne te fâche pas, allez. Je sais bien que tu es une âme pure et intègre. Raconte-moi ce que tu fais alors toute seule dans la ville. C'est quoi cette enquête ?

— Triste histoire, a-t-il murmuré quand j'ai eu fini de lui raconter l'histoire de Gema. Moi je suis allé au lycée San Ignacio et malheureusement je ne l'ai pas connue, mais comment tu as dit que s'appelait le restaurant de ses parents ?

— Marcel.

Il a mis ses lunettes pour voir de près et a allumé l'ordinateur.

— Marcel. Marcel. Ça me dit vraiment quelque chose.

— C'est aussi le prénom d'un écrivain très célèbre.

Il a ri.

— Je ne vois pas du tout !

— Peut-être y es-tu allé quand tu étais enfant avec tes parents, c'était un restaurant très bon et assez connu, il se trouvait pas loin d'ici.

— Attends, attends. Mes parents avaient un ami qui était critique gastronomique à cette époque, j'ai même publié un livre de lui il y a quelques années, peut-être qu'il se souviendra de quelque chose.

Il m'a tendu un morceau de papier avec un nom, Jordi Sardo, et une adresse mail.

— Et comment tu sais qu'il est vivant ?

— Parce qu'il continue à écrire dans la presse de temps en temps, et chaque année il nous souhaite de bonnes fêtes de Noël. Il s'est installé en Galice, je crois.

Il m'a raccompagnée jusqu'à la porte de la maison d'édition.

— Tu m'excuseras, c'est que j'ai pris rendez-vous avec une amie psychiatre pour déjeuner, je suis un peu pressé, a-t-il dit. On se revoit bientôt, c'est d'accord ? Et tiens-moi au courant si tu découvres quelque chose de plus sur ton amie, j'aimerais beaucoup savoir comment avance ton enquête.

Je l'ai entendu rire en fermant la porte derrière moi, il avait un peu trop bu.

15

En sortant de la maison d'édition, j'ai vu que j'avais tout un tas de messages de Bruno. Il usait du vieux stratagème de me dire « je t'aime » pour que je doive lui répondre la même chose. « Je t'aime » n'est pas une seule phrase constituée d'un sujet et d'un verbe mais deux phrases : « je t'aime – je t'aime ». Mais moi je ne pouvais pas continuer à brader mes « je t'aime » ! C'était mon unique monnaie d'échange. Sans elle – sans pouvoir dire « je t'aime » quand j'en avais envie, quand c'était irrésistiblement certain, quand les mots s'échappaient de ma bouche sans aucun contrôle, comme les perles et les vipères du conte de Perrault – je n'avais plus rien, ma ruine était assurée.

— Oh, Bruno ! ai-je murmuré pour moi-même tandis que je parcourais ses messages. Tu ne vois pas que nous avons été expulsés de la caverne d'Ali Baba ? Tu ne vois pas que le mot de passe secret « je t'aime – je t'aime » n'ouvrira désormais plus aucune porte magique pour nous ?

J'ai répondu à son « je t'aime » par un « moi aussi ». C'était un autre stratagème bien sûr, il me semblait qu'en remplaçant un « je t'aime » par un « moi aussi », je m'engageais moins. Que ma trahison des dieux – Zeus, Aphrodite, Poséidon, Apollon, ça revenait au même, ils étaient tous fourrés dans de formidables imbroglios amoureux –, qui m'observaient depuis le ciel en fronçant les sourcils depuis des mois, était moins grave. Jusque-là mon comportement avait été si exemplaire : jamais je n'avais dit « je t'aime » sans que cela soit certain, jamais je n'étais sortie plus d'une semaine ou deux avec un homme dont je n'aurais pas été amoureuse. Et j'étais toujours amoureuse. Que s'était-il passé ?

J'ai appelé Beatriz pour le lui demander (« Pendant quelques jours tu as désiré avoir une relation qui t'apporte de la stabilité, du calme et de l'ordre, et c'était ce que Bruno, tout acteur qu'il soit, t'offrait, mais au bout d'une semaine tu t'ennuyais déjà. Peut-être que tu continueras à désirer ces choses-là, je ne sais pas, mais avec Bruno le déséquilibre est trop grand : tu ne l'as pas pris au sérieux une seule minute. ») et savoir si elle voulait déjeuner ou dîner avec moi. Peut-être qu'elle se sera fait arranger les dents, ai-je pensé.

Mais elle était encore une fois chez sa mère.

— Pourquoi tu ne viens pas déjeuner, ou prendre un café ? Ensuite on fera une petite partie de poker. Viens, on va te plumer, allez ! Maman est imbattable, j'aurais bien besoin de renforts. Puis elle a ajouté, plus bas : Elle est très fatiguée, c'est à cause de la chaleur, les premiers jours d'été sont très durs pour les personnes âgées, c'est sûr qu'en moins d'une heure elle va aller se reposer dans sa chambre et nous on pourra rester à bavarder seules toutes les deux. J'ai vu que dans la cuisine il y a une bouteille de grappa.

Eh bien ! Ces derniers jours, on ne fait que m'inviter à rendre visite au troisième âge, ai-je pensé.

— Non, non, je te remercie, j'ai un retard énorme avec ma traduction. Une autre fois, d'accord ?

Je ne connaissais pas la mère de Beatriz. Je l'avais vue une fois dans la rue, il y a pas mal d'années : une dame menue, habillée avec simplicité, avec un regard perçant et peut-être bien un peu inquisiteur, je crois qu'elle travaillait comme psychologue pour enfants. Mais, en revanche, je connaissais bien le désert de la vieillesse, et de la maladie, je l'avais traversé avec ma mère. J'avais peur de revenir sur cette terre désolée, me retrouver avec ma mère malade, alors qu'enfin j'étais parvenue à me l'imaginer chantonnant et parcourant des champs fleuris. Ma mère, elle qui détestait la campagne.

— Oui, bien sûr, ne t'inquiète pas, on se voit une autre fois, a-t-elle répondu.

J'ai passé l'après-midi à traduire et, quand j'ai eu fini, je me suis mise à écrire à l'ami des parents de Paco :

Cher monsieur Sardo,

Nous ne nous connaissons pas, c'est un ami commun, Paco Trías, qui m'a donné votre adresse. Ma requête n'a rien à voir avec lui, vous pourrez la trouver sans doute extravagante et, par avance, je vous prie de m'excuser. Il y a quelques semaines, je me suis retrouvée par hasard dans un restaurant de la rue Manel Girona, à proximité du Lycée français, à

Pedralbes. Je ne me rappelle plus son nom, mais nous y avons dîné fort bien, même si je dois vous avouer que je ne suis en rien une experte, je m'alimente de manière très simple et trouve peu de conversations aussi soporifiques que celles qui tournent autour de la nourriture. Pour certaines personnes de ma génération et de générations précédentes – grâce à Dieu, les jeunes sont plus intelligents –, la gastronomie semble avoir remplacé le sexe comme passe-temps. Quand je vois des gens de mon âge réunis autour d'une table pendant des heures dans quelque restaurant de luxe, je ne peux pas éviter de penser à quelle vitesse s'écoule la vie et à ce qui devrait se passer sous la table, avec toutes ces jambes, tous ces genoux, tous ces pieds. Mais je m'égare, excusez-moi. Le fait est que je me suis presque immédiatement aperçue que j'étais déjà allée dans cet établissement bien des années auparavant. Le restaurant original s'appelait Marcel et les propriétaires en étaient les parents de mon amie Gema. Je me demande si vous, dans votre activité de critique gastronomique, vous l'avez fréquenté. Je crois me souvenir que c'était un restaurant assez renommé. Mon amie est morte de leucémie à quinze ans et peu après Marcel a fermé ses portes. Je n'ai pas été très présente pendant sa maladie ni au moment de sa mort. Notre amitié datait de l'enfance, mais à cette époque-là nous n'avions plus beaucoup de relations, nous n'étions pas dans la même classe, en plus elle était plutôt scientifique (bien qu'elle ait eu des notes excellentes dans toutes les matières) et moi plutôt littéraire. Et puis, ç'a été si rapide, si soudain ! Le plus probable est que vous ignoriez jusqu'à l'existence du restaurant dont je parle. Mais Paco m'a donné des espoirs. Comme je serais heureuse si vous pouviez me dire ce qu'il s'est passé après la mort de Gema, et quels souvenirs vous avez gardés de ces temps si lointains !

Je vous salue cordialement et attends de vos nouvelles, si vous en avez à me donner.

Et j'ai signé de mon prénom et de mon nom.

Avant d'aller dormir, j'ai reçu un autre message de Bruno où il me souhaitait de beaux rêves et m'envoyait une très jolie photo d'un coucher de soleil sur la mer. J'ai craqué et je lui ai répondu avec la phrase fatidique : « Je t'aime. »

Tu es en train de te ramollir complètement, ai-je pensé avant de fermer les yeux.

16

Au bout de quelques jours, Bruno, fatigué de tant d'insularité et prétextant qu'il devait apprendre un scénario, est revenu à Barcelone. Je ne suis pas allée le chercher à l'aéroport, comme je le faisais toujours.

— Tout le monde va être en train de foutre le camp de Barcelone pour aller passer la fin de semaine à la plage, me suis-je excusée. Il va y avoir une circulation dingue.

— Oui, bien sûr, bien sûr, ne t'en fais pas, je vais prendre un taxi.

Deux heures plus tard, après avoir posé ses valises chez lui, il a pris sa moto et s'est présenté chez moi chargé d'*ensaimadas* et de cadeaux. Virginia l'avait accompagné à la bijouterie de l'une de ses amies qui, après quelques années entre New York et l'Inde, où elle achetait les pierres et faisait fabriquer certaines pièces, s'était installée dans une petite boutique du centre historique de Palma de Majorque.

— On s'est un peu emballés, a-t-il dit en déposant six petites boîtes identiques, rectangulaires, d'un gris bleu, sur la table. Elles contenaient des bracelets faits de minuscules pierres semi-précieuses qui s'ajustaient au poignet avec un petit pompon dissimulant un nœud coulant. Elles étaient très belles.

— Mais tu es fou, ai-je dit en souriant, c'est trop.

Bien sûr, je ne le pensais pas. Rien n'est jamais trop, trop est génial et merveilleux. Le problème est toujours le trop-peu. J'ai fait tinter les bracelets.

— Ça y est, tu as mis le grelot au chat, pas vrai ?

Bruno était hâlé, il avait l'air en pleine forme. Il bronzait en un rien de temps. J'ai senti un petit frisson me parcourir, mais c'était un frisson générique, qui n'avait rien à voir avec lui. Ce n'était pas un tressaillement de désir mais d'admiration et de surprise, pareil à celui que j'avais quand nous allions à Cap de Creus et que soudain les lumières des phares surprenaient un petit renard pointant son museau entre les rochers : oh, regarde, un renard ! Regarde, un homme ! Comme ce moment où Miranda dans *La Tempête* rencontre Ferdinand. Rien, ni les années, ni les enfants, ni les maris, ni les amis hommes, n'avait réussi à étouffer cet éblouissement enfantin qu'un geste ou un mouvement masculin quelconque pouvait soudain provoquer en moi. Un homme !

Il s'est alors approché et m'a embrassée, et moi je l'ai enlacé et j'ai plongé mon visage dans le creux de son cou cuivré et tiède. Il n'a pas insisté.

— Ça fait des jours que je dors mal, ai-je dit pour m'excuser.

— Tu veux sortir te balader un peu ? Je n'ai presque plus de cigarettes. Et comme ça, on parle un peu, a-t-il dit.

— Oui, bien sûr.

Je me suis aperçue juste à ce moment-là que je portais de nouveau le jean qui, d'après Sandra, ne me mettait pas vraiment en valeur. Qu'il cesse de m'aimer parce que je suis insupportable et égoïste, passe encore, mais pas parce que je suis mal fagotée, même pas en rêve.

— Attends, je vais me changer.

J'ai mis une robe noire sans manches que Bruno aimait beaucoup.

— Tu es très belle, a-t-il murmuré.

Il y avait peu de gens dans la rue, tout le monde profitait des premiers week-ends de l'été pour quitter la ville. Nous nous sommes dirigés vers le seul tabac du quartier ouvert le samedi après-midi.

Nous avons marché en nous tenant la main quelques mètres, mais c'était désagréable, nous avions les paumes en sueur. Si vraiment nous désirions marcher comme ça, nos mains ne transpireraient pas, ai-je pensé, transpirer des mains, c'est psychologique, lui aussi il s'est lassé de moi. Il m'a alors prise par les épaules, mais nous n'étions pas synchrones, quand il montait moi je descendais et mon sac à main s'interposait entre nous. J'ai secoué un peu la tête, je me suis un peu écartée de lui et il m'a lâchée de nouveau.

Il s'est arrêté à ce moment-là pour allumer une cigarette et je l'ai fixé. Jusqu'alors nous n'avions fait que marcher l'un à côté de l'autre, nous regardant du coin de l'œil pour essayer de savoir qui allait se lancer à parler le premier. J'ai vu comment il allumait une cigarette avec ce geste rapide et caractéristique que je lui avais vu faire des centaines de fois. Il a penché légèrement la tête, la cigarette entre les lèvres, levé la main en paravent, actionné la molette, la flamme bleutée a jailli, et il a aspiré la première bouffée tandis que se creusaient les pommettes. J'ai eu alors la sensation physique qu'il se séparait de moi. J'ai senti que son corps, qui, jusqu'à cet instant, avait été collé au mien, avait commencé à se détacher, centimètre par centimètre, de la même manière que nous dissocions un autocollant du papier auquel il est appliqué. J'ai vu sa silhouette, comme une délicate silhouette de papier, se séparer de la mienne et se déplier : nous étions de nouveau deux. Bruno était de nouveau devant moi, le monde était de nouveau désert et empli de possibilités. Je l'ai vu comme si je voyais pour la première fois et je me suis demandé combien de fois tout au long d'une relation ou d'une vie nous voyions un être connu pour la première fois. Je connaissais la réponse : chaque fois que, pendant quelques instants ou pour toujours, nous cessions de l'aimer. Des hommes qui touchaient aux nuages se transformaient en Lilliputiens, des torses pareils à de magnifiques troncs d'arbres centenaires se boursouflaient et se déformaient de manière incompréhensible, des silences profonds se muaient en un signe indiscutable de vacuité et de manque d'imagination. Et ce n'est pas tout : les chemisettes en coton de l'être aimé, que nous avions enfilées tant de nuits pour dormir, soudain nous grattaient la peau, son vieux jean préféré se transformait en une guenille dégoûtante qu'il fallait jeter à la poubelle. Et cet effondrement n'avait pas seulement lieu dans notre imagination, il se produisait aussi aux yeux de l'autre qui, sans rien pouvoir faire pour l'éviter, se voyait dépossédé de parties de son propre corps et de son esprit qui tombaient sur le sol et se brisaient en mille morceaux.

— Il faut qu'on parle, tu ne crois pas ? a-t-il dit enfin. Tu n'as plus envie de me voir ni d'être avec moi. J'avais pensé que peut-être en partant quelques jours, on se retrouverait avec plus d'envie. Pourquoi tu crois que je suis allé passer deux semaines à Majorque avec Virginia, qui est, d'ailleurs, quelqu'un de très bien ?

Je lui ai pris la cigarette, j'ai tiré une bouffée et la lui ai rendue.

— Eh bien, je ne sais pas, pour profiter de la mer et des paysages ?

Il a fait semblant de ne pas m'entendre et a continué.

— Je ne peux pas me trouver chaque jour à me demander si tu as envie ou pas de me voir, ou de me parler ou de baiser avec moi, ça n'est pas possible. Tu comprends ?

— Oui, oui, bien sûr que je comprends, ça n'est pas possible. Mais toi, tu dois comprendre que moi je ne peux pas me forcer à faire quelque chose dont je n'ai pas envie.

Nous nous sommes remis à marcher en direction de la maison.

— Le problème, c'est que tu ne souhaites pas avoir une relation de couple, reconnais-le. Tu crois que tu le souhaites, mais dans le fond tu n'en veux pas.

J'ai repensé à ce que m'avait dit Beatriz.

— Tu as peut-être raison, ai-je dit. D'un côté, ça me plairait beaucoup d'avoir une relation, mais, d'un autre côté, je trouve ça très difficile, c'est vrai.

Il a allumé une autre cigarette.

— Ne le prends pas mal, mais je crois qu'un peu de thérapie te ferait du bien.

— Mais j'ai déjà été en thérapie ! me suis-je exclamée. Pendant deux ans, je te l'ai raconté.

— Oui, oui, c'est vrai. Alors, encore quelques séances de plus ! Sérieusement, tu irais bien mieux. Je t'attendrai.

Je me demande si ceci n'est pas le cas typique où vous allez rompre avec quelqu'un, et que finalement c'est lui qui vous largue, ai-je pensé.

Nous étions arrivés à la maison.

— Bon, a dit Bruno, je ne vais pas monter. On s'appelle, d'accord ?

— Oui, bien sûr, on s'appelle.

Il a enfourché la moto et, alors qu'il était sur le point de mettre son casque, je me suis approchée de lui et je l'ai enlacé.

Le soir, j'ai dîné d'un morceau d'*ensaimada*. J'ai coupé le reste en petits bouts et je les ai descendus pour la chatte rousse qui vivait dans ma rue et dont je pensais secrètement qu'elle était la réincarnation de ma mère.

17

— Je peux monter ? m'a demandé Víctor.

— Oui, bien sûr, ai-je répondu.

C'est vraiment surprenant et vraiment étrange ! ai-je pensé tandis que je leur ouvrais la porte, il ne monte jamais, il laisse toujours Óscar devant le portail.

Marc était arrivé la veille, comme il était déjà assez grand, il revenait seul en bus de chez son père.

— Oh ! Qu'est-ce que tu as grandi, et que tu es beau ! lui avais-je dit.

— C'est bon, avait-il répondu, mais il semblait très ému de me voir.

Víctor venait de se faire couper les cheveux et portait des chaussures de sport neuves. Il doit être amoureux, ai-je pensé. Beaucoup d'hommes vont chez le coiffeur quand ils ont rendez-vous et beaucoup de femmes font laver leur voiture quand elles ont un nouvel amoureux.

— Alors, comment va la traduction ? Tu as réussi à travailler ? m'a-t-il demandé d'un ton aimable.

— Bon… Enfin oui, j'ai avancé.

J'ai entendu Marc rire dans sa chambre et vu comment

Óscar se préparait à réorganiser les éléments du canapé pour s'installer et jouer un match de football sur la console. Ils avaient abandonné leurs sacs à dos dans l'entrée.

Víctor s'est assis sur l'un des accoudoirs du fauteuil.

— Et qu'est-ce que tu as fait d'autre ces jours-ci ?

— J'ai continué mon enquête.

— Une enquête ?

— Mais oui, Víctor, l'histoire de mon amie de lycée, Gema !

Je lui ai désigné de la main la photo de classe que j'avais sur le bureau.

Il l'a observée avec attention pendant quelques instants et s'est mis à rire.

— Toi, tu n'as pas changé ! a-t-il dit, la main repliée. L'air dégoûté que tu as quand quelque chose ne te plaît pas, combien de fois j'ai eu envie de te tuer quand tu faisais cette tête-là !

— Je n'ai pas un air dégoûté. C'était à cause du soleil.

— Les taches de rousseur… C'est laquelle, Gema ?

— Non, ce jour-là, Gema justement n'était pas là, elle était tombée malade.

— Eh bien ! Ce n'est pas de chance ! Ce ne serait pas une amie imaginaire, des fois ?

Je lui ai lancé un regard assassin.

— Maintenant, sérieusement, tu as pu vérifier ce que tu voulais savoir ?

— Non, je crois que non, ai-je répondu. Je voulais savoir si je l'avais vue une dernière fois dans la cour du lycée et personne n'a pu le corroborer.

— Mais toi, tu sais que tu l'as vue, non ?

— Oui.

— Alors, ça devrait être suffisant. Il s'est mis debout. Je dois aller travailler. Qu'est-ce que vous allez faire pendant ces vacances ? a-t-il demandé.

— Je crois qu'on va aller passer quelques jours en Grèce, il y a des billets d'avion très bon marché, nous baigner et voir des ruines.

— C'est un très bon plan, a-t-il dit. Moi, peut-être que j'irai à Rome, des amis ont proposé de me prêter leur appartement.

Je l'ai accompagné jusqu'à la porte.

— Une chose qui n'a rien à voir : est-ce que par hasard tu te souviendrais du chemisier que je portais le jour où nous nous sommes revus ?

— Bien sûr que je me souviens, ma jolie. Je me souviens de tout ce qu'il s'est passé ce jour-là. Tu portais un chemisier jaune, en soie, imprimé. Une minijupe et des chaussures à talons mi-hauts. Je me souviens de t'avoir attendue à la porte du Mercat de les Flors et de la façon dont tu as descendu cette portion de pente en me souriant.

— Oui, c'était mon chemisier favori.

— Je me souviens aussi que nous nous sommes presque embrassés à l'entracte et que nous sommes allés dîner à la pizzeria, à côté du théâtre. Pourquoi tu me demandes ça ?

Je n'ai rien dit et il a continué :

— Moi, je portais un tee-shirt bleu et je m'étais coupé les cheveux la veille.

— Ah oui ? Comme aujourd'hui.

Il a souri.

— Un homme doit se faire couper les cheveux de temps en temps, non ?

J'ai passé le reste de la soirée à organiser le voyage. Au dernier moment j'ai trouvé des billets d'avion à un bon prix pour le lendemain. J'ai aussi réservé une chambre pour tous les trois avec vue sur le Parthénon dans un hôtel que je connaissais.

Les enfants étaient très excités :

— Combien de jours on part ?

— Tu peux faire ma lessive tout de suite ?

— Il est comment l'hôtel ?

— Je ne trouve pas mes tongs.

— Est-ce que je pourrai emporter l'ordinateur ?

— Moi, je n'ai pas l'intention de dormir dans la même chambre que ce type puant.

— Est-ce que j'aurai le temps de voir mes copains avant de partir ?

Quand enfin ils sont allés se coucher, j'ai ouvert l'ordinateur. J'avais reçu une réponse de M. Sardo.

Chère amie,

Comme je suis beaucoup plus âgé que toi, je me permets de te tutoyer. Avant tout, je voudrais te remercier pour tes intéressantes observations sur la vie et la gastronomie. Je ne les partage qu'en partie, mais si un jour j'ai le plaisir de te connaître, je promets d'essayer de te faire changer d'opinion ou du moins de t'inviter à partager un déjeuner dans toutes les règles de l'art dans un restaurant agréable.

Je pourrai te raconter l'histoire des Álvarez à partir des douces vérités d'aujourd'hui, qui sont des demi-vérités. Mais comme j'ai lu suffisamment à ton propos pour savoir que tu ne t'effarouches pas facilement, je vais être direct : Gema m'avait pris en grande estime depuis le jour où, alors que je présidais le jury d'un concours de cuisine, ses parents avaient reçu le premier prix, qui consistait en une certaine somme d'argent et une semaine à Paris pour deux, pour rendre visite aux grands. Ton amie était suffisamment intelligente pour se rendre compte que, au moment où triomphaient les restaurants branchés remplis de gens chics, celui de ses parents allait connaître des jours difficiles, même si Luis Álvarez est l'un des meilleurs cuisiniers que j'ai connus. Une fois le prix remporté, j'ai organisé des repas hebdomadaires au cours desquels nous nous réunissions tous, une bande de toutes sortes d'originaux : écrivains, journalistes, dessinateurs, etc. Peu de temps après, ton amie est tombée malade. Je suis allé lui rendre visite trente heures avant son décès dans un hôpital sinistre régi par des religieuses qui allaient et venaient avec la désinvolture que l'on acquiert au cours de longues années passées à côtoyer le diable. Luis est absolument chrétien, dans le sens le plus noble que peut faire naître cette pensée. C'était terrible de voir comment il conservait de l'espoir alors que l'espoir était impossible. Le jour de l'enterrement a été une autre date sinistre, un jour dont je garde le souvenir des petites mines mouillées de pleurs de ses camarades. L'un de ces visages était probablement le tien.

Mais les malheurs continuèrent. Le maître d'hôtel de Marcel mourut dans un accident de voiture alors qu'il retournait chez lui après le service de nuit. Je peux assurer qu'il ne buvait pas une goutte. Il était abstème, un problème dans son travail qu'il résolvait en m'interrogeant sur tous les vins passés, présents et futurs, et en prenant des notes comme un fidèle disciple. C'était comme un fils pour Luis, dans le sens émotionnel le plus strict du terme. Un autre drame, auquel s'est ajouté, logique, un ictus de grande magnitude qui a laissé Luis dans un état catastrophique. Peu de temps après, ils ont mis en location le restaurant et vendu le magasin et ses vins. Un an plus tard, face aux impayés de la société qui avait loué Marcel, ils ont décidé de vendre, pour vivre dans leur appartement à l'étage au-dessus du restaurant. Il recommençait à vivre, après tant d'épreuves, quand Juanita, son épouse, a eu un accident dans un bus. Je ne suis jamais arrivé à savoir si cela avait été la cause de sa soudaine maladie. Elle l'affirmait, mais moi j'ai l'impression très forte qu'il s'agissait, indépendamment de l'accident, d'un problème neuronal dégénératif. Juana est morte en décembre dernier. Il n'y a pas longtemps, j'ai essayé de parler avec Luis. C'est une petite voix perdue parmi ses souvenirs, incapable de comprendre ce que vous lui racontez, toujours plongé dans cette béatitude qu'il a acquise au cours de sa longue vie de travail avec les frères.

Voilà ce qui serait le récit principal, toujours sous le souvenir du visage de Vierge de ton amie rappelant l'art roman aragonais, aux yeux pétillants et malicieux.

Je suis désolé d'avoir à écrire ces histoires, mais j'ai obéi à tes souhaits.

Comme il est possible qu'il y ait d'autres sujets que je n'ai pas mentionnés, parce que je ne les ai pas considérés comme importants, et que pour toi ils le soient, tu peux m'appeler sur mon portable 660 567 77.

Je t'embrasse,

Jordi

Je lui ai répondu le soir même pour le remercier et accepter son invitation. Je n'allais pas l'appeler, il m'a semblé qu'il n'y avait rien d'autre à demander. Il était possible que je ne réussisse jamais à être certaine d'avoir eu l'opportunité de voir Gema cette dernière fois dans la cour du lycée. Ou peut-être, au bout d'un an, ou de vingt, rencontrerais-je quelqu'un qui l'aurait vue. Mais qui pourrait alors m'assurer qu'il ne l'avait pas imaginé lui aussi ? Nous avançons à tâtons, ai-je pensé. Puis je suis allée me coucher en laissant la lumière de la salle de bains allumée.

Quand je suis arrivée, la cérémonie était sur le point de commencer. Il y avait beaucoup de monde. J'ai vu Marta avec des amis en entrant et je l'ai saluée de loin. Je me suis assise au dernier rang, comme je l'avais fait lors de la messe d'adieu à Gema, à côté d'une paroi vitrée qui donnait sur un petit jardin où quelques jeunes gens fumaillaient. C'est la première fois que j'assiste aux funérailles d'une inconnue, ai-je pensé. Puis le curé est arrivé et a parlé de la mère de Beatriz, de la mort et du genre humain. Ensuite, ç'a été le tour de mon amie et elle a partagé avec nous quelques souvenirs de sa mère. Et, pour la première fois, j'ai écouté ce qu'ils disaient. J'avais assisté à des funérailles dans ma vie, mais tantôt j'étais trop affectée pour entendre quoi que ce soit, tantôt j'étais si consciente qu'il s'agissait d'une cérémonie sociale que je n'avais pas prêté attention aux discours. Et quand le curé nous a demandé de nous lever, il m'a semblé que je me redressais non par obligation, mais par respect, pour Beatriz, pour sa mère et pour nous tous qui étions là réunis. C'est la première fois que je disais adieu vraiment à un mort, et je ne le connaissais même pas, ai-je pensé.

Une fois la cérémonie achevée, nous nous sommes réunis dans le petit jardin que j'avais vu à travers la paroi vitrée. Je me suis mise à parler avec d'anciennes camarades du lycée, elles m'ont présenté les cousins de Beatriz qui avaient l'air vraiment affligés. C'est à ce moment-là que j'ai vu mon amie. Le soleil brillait, nous portions des vêtements d'été, elle était entourée de gens, je me suis éloignée du petit groupe avec lequel j'avais bavardé et je me suis avancée dans sa direction. Elle a alors tourné son cou, long et gracile, vers moi et m'a souri.

— Tu es venue, a-t-elle dit.

— Bien sûr. Comment j'aurais pu ne pas venir !

Et j'ai enfin quitté la cour.

Barcelone, septembre 2020

REMERCIEMENTS

Je voudrais remercier Anna Soler-Pont, mon agente, pour sa patience infinie, pour sa confiance en moi et pour avoir toujours trouvé une solution à tous les problèmes.

Mes remerciements vont aussi à mes éditeurs, Jorge Herralde et Silvia Sesé, pour ne pas m'avoir menti et m'avoir poussée à aller plus loin, sans eux ce livre n'existerait pas. À Joan Carles Girbés pour ses commentaires, généreux, subtils et pertinents.

Et enfin aux amis qui ont partagé avec moi leurs souvenirs de Gema : Sandra Capdevila, Isabel Algara, Teresa Corbella, Inés Coll, Ada Moya, Anna Arranz, Isa Elias, Miquel Sen et Karina Botbol.

Composition : IGS-CP à L'Isle-d'Espagnac (16)
Achevé d'imprimer
par CPI Firmin-Didot
à Mesnil-sur-l'Estrée, en avril 2021
Dépôt légal : avril 2021
Numéro d'imprimeur : 163546

ISBN : 978-2-07-293322-6/Imprimé en France

377306

18

Le lendemain, alors que nous étions en train de finir de faire nos valises, j'ai reçu un message de Beatriz :

« Chère amie, je sais bien que ces choses ne te plaisent pas trop, mais je voulais t'apprendre que ma mère est décédée hier matin. La cérémonie d'adieu aura lieu aujourd'hui au funérarium de San Gervasio, à midi. Ne t'en fais pas, ce n'est pas nécessaire que tu viennes, mais je ne voulais pas que tu l'apprennes par quelqu'un d'autre. Je t'embrasse. »

J'ai jeté un coup d'œil sur l'heure. Il était onze heures. Notre avion partait à quinze heures. Je ne peux pas y aller, je n'ai pas le temps, la valise est à moitié faite, me suis-je dit en voyant les amas de vêtements d'été éparpillés autour de moi. Quel bordel ! Et le funérarium ? Le funérarium... J'ai pris le portable et ouvert l'application des plans de la ville. Je crois que ce n'est pas très loin... Oui, oui, il est tout à côté, mais je vais certainement me perdre. On dit que c'est très simple, mais moi je n'arrive pas à me débrouiller avec cette application, je ne sais jamais si je suis le point rouge ou le point bleu. Qu'est-ce que je vais faire ? Je me suis assise sur le lit. Et si je prends un taxi, le chauffeur va se fâcher parce que je l'aurai fait venir pour une course trop courte. Bon, de toute façon, il y aura beaucoup de monde, c'est une famille très aimée. Et Beatriz m'a dit que ce n'était pas nécessaire que j'y aille. J'ai regardé mes pieds, je devais encore me vernir les ongles. Et je n'ai presque pas dormi, toute la nuit passée à penser au mail de M. Sardo. J'ai regardé l'heure : il était onze heures et demie. Le temps manquait et je n'avais rien à me mettre.

Je me suis mise à plier un maillot de bain jusqu'à le faire tenir dans la paume de la main.

— Les enfants ! ai-je crié soudain en me mettant debout. Je vais sortir ! Ce ne sera pas long ! Occupez-vous de finir vos valises.

— Quoiiii ? Maman ! ont-ils protesté tous deux, mais je trouve pas mon short et je n'ai pas pris le petit déjeuner et il y a encore du linge dans la machine à laver, on va rater l'avion.

— Non, on ne va pas le rater. On a le temps. Marc, imprime les billets et fais le petit déjeuner de ton frère, s'il te plaît. Óscar, cherche ton short dans le tiroir en bas de l'armoire.

J'ai remplacé le pantalon de pyjama par le jean trop grand qui ne plaisait pas à Sandra, j'ai enfilé un des tee-shirts que je mettais pour faire du yoga et je suis sortie en courant de la maison.

Je n'avais pas été à la hauteur d'aucune de mes morts, mais je pouvais peut-être l'être à l'une des morts de mon amie.